KB196145

하늘과 바람과 별과 詩

하늘과 바람과 별과 詩

개정판 1쇄 발행 | 2025년 02월 10일

지은이 | 윤동주

발행인 | 김선희 · 대 표 | 김종대
펴낸곳 | 도서출판 매월당
책임편집 | 박옥훈 · 디자인 | 윤정선 · 마케터 | 양진철 · 김용준

등록번호 | 388-2006-000018호
등록일 | 2005년 4월 7일
주소 | 경기도 부천시 소사구 중동로 71번길 39, 109동 1601호
　　　(송내동, 뉴서울아파트)
전화 | 032-666-1130 · 팩스 | 032-215-1130

ISBN 979-11-7029-254-8 (03810)

· 잘못된 책은 바꿔드립니다.
· 책값은 뒤표지에 있습니다.

이 도서의 국립중앙도서관 출판시도서목록(CIP)은 서지정보유통지원시스템 홈페이지
(http://seoji.nl.go.kr)와 국가자료공동목록시스템(http://www.nl.go.kr/kolisnet)에서
이용하실 수 있습니다.(CIP제어번호 : CIP2017008463)

하늘과 바람과 별과 詩

윤동주 필사 시집

매월당

서序—랄 것이 아니라,

내가 무엇이고 정성껏 몇 마디 써야만 할 의무를 가졌건만 붓을 잡기가 죽기보다 싫은 날, 나는 천의를 뒤집어쓰고 차라리 병病 아닌 신음을 하고 있다.

무엇이라고 써야 하나?

재조才操도 탕진하고 용기도 상실하고 8·15 이후에 나는 부당하게도 늙어간다.

누가 있어서 "너는 일편一片의 정성까지도 잃었느냐" 질타한다면 소허少許 항론抗論이 없이 앉음을 고쳐 무릎을 꿇으리라.

아직 무릎을 꿇을 만한 기력이 남았기에 나는 이 붓을 들어 시인 윤동주의 유고遺稿에 분향焚香하노라.

겨우 30여 편 되는 유시遺詩 이외에 윤동주의 시인됨에 관한 목증目證한 바 재료를 나는 갖지 않았다.

'호사유피虎死留皮'라는 말이 있겠다. 범이 죽어 가죽이 남았다면 그의 호피虎皮를 감정하여 '수남壽南'이라고 하랴? '복동福童'이라고 하랴? 범이란 범이 모조리 이름이 없었던 것이다.

내가 시인 윤동주를 몰랐기로소니 윤동주의 시가 바로 '시'고 보면 그만 아니냐?

호피는 마침내 호피에 지나지 못하고 말 것이나, 그의 '시'로써 그의 '시인' 됨을 알기는 어렵지 않은 일이다.

나도 모를 아픔을 오래 참다 처음으로 이곳에 찾아왔다. 그러나 나의 늙은 의사는 젊은이의 병을 모른다. 나한테는 병이 없다고 한다. 이 지나친 시련, 이 지나친 피로로, 나는 성내서는 안 된다.

— 그의 유시遺詩 〈병원〉 중에서

그의 다음 동생 일주 군과 나의 문답, —

"형님이 살았으면 몇 살인고?"

"서른한 살입니다."

"죽기는 스물아홉에요—"

"간도에는 언제 가셨던고?"

"할아버지 때요."

"지나시기는 어떠했던고?"

"할아버지가 개척하여 소지주 정도였습니다."
"아버지는 무얼 하시노?"
"장사도 하시고 회사에도 다니시고 했지요."

"아아, 간도에 시詩와 애수哀愁와 같은 것이 발효醱酵하기 비롯한다면 윤동주와 같은 세대에서부터였구나!" 나는 감상하였다.

봄이 오면
죄를 짓고
눈이
밝아

이브가 해산하는 수고를 다하면

무화과 잎사귀로 부끄런 데를 가리고

나는 이마에 땀을 흘려야겠다.
　　　　　　　　　　　　─ 〈또 태초의 아침〉 중에서

다시 일주 군과 나와의 문답, ─
"연전을 마치고 동지사에 가기는 몇 살이었던고?"

"스물여섯 적입니다."

"무슨 연애 같은 것이나 있었나?"

"하도 말이 없어서 모릅니다."

"술은?"

"먹는 것 못 보았습니다."

"담배는?"

"집에 와서는 어른들 때문에 피우는 것 못 보았습니다."

"인색하진 않았나?"

"누가 달라면 책이나 셔츠나 거저 줍데다."

"공부는?"

"책을 보다가도 집에서나 남이 원하면 시간까지도 아끼지 않습데다."

"심술心術은?"

"순하디 순하였습니다."

"몸은?"

"중학 때 축구선수였습니다."

"주책主策은?"

"남이 하자는 대로 하다가도 함부로 속을 주지는 않습데다."

코카서스 산중에서 도망해 온 토끼처럼

둘러리를 빙빙 돌며 간을 지키자,

내가 오래 기르던 여윈 독수리야!
와서 뜯어먹어라, 시름없이

너는 살지고
나는 여위어야지, 그러나,

        — 〈간肝〉 중에서

노자 오천언五千言에,
'허기심虛其心 실기복實其腹 약기지弱基志 강기골强基骨'
이라는 구가 있다.
청년 윤동주는 의지가 약하였을 것이다. 그렇기에 서정
시에 우수한 것이겠고, 그러나 뼈가 강하였던 것이리라.
그렇기에 일적一賊에게 살을 내던지고 뼈를 차지한 것이
아니었던가?
무시무시한 고독에서 죽었구나! 29세가 되도록 시도 발
표하여 본 적도 없이!
일제 시대에 날뛰던 부일문사附日文士 놈들의 글이 다시
보아 침을 뱉을 것뿐이나, 무명無名 윤동주가 부끄럽지 않
고 슬프고 아름답기 한이 없는 시를 남기지 않았나?
시와 시인은 원래 이러한 것이다.

행복한 예수 그리스도에게처럼
십자가가 허락된다면

모가지를 드리우고
꽃처럼 피어나는 피를
어두워가는 하늘 밑에
조용히 흘리겠습니다.

                         ― 〈십자가〉 중에서

　일제 헌병은 동冬 섣달에도 꽃과 같은, 얼음 아래 다시
한 마리 잉어와 같은 조선 청년 시인을 죽이고 제 나라를
망치었다.
　뼈가 강한 죄로 죽은 윤동주의 백골은 이제 고토故土 간
도에 누워 있다.

고향에 돌아온 날 밤에
내 백골이 따라와 한방에 누웠다.

어둔 방은 우주로 통하고
하늘에선가 소리처럼 바람이 불어온다.

어둠 속에 곱게 풍화 작용하는
백골을 들여다보며
눈물짓는 것이 내가 우는 것이냐
백골이 우는 것이냐
아름다운 혼이 우는 것이냐

지조 높은 개는
밤을 새워 어둠을 짖는다.

어둠을 짖는 개는
나를 쫓는 것일 게다.

가자 가자
쫓기우는 사람처럼 가자
백골 몰래
아름다운 또 다른 고향에 가자.

　　　　　　　　　　　　　　　— 〈또 다른 고향〉

만일 윤동주가 이제 살아 있다고 하면 그의 시가 어떻게 진전하겠느냐는 문제.

그의 친우 김삼불 씨의 추도사와 같이 틀림없이, 아무렴! 또다시 다른 길로 분연 매진할 것이다.

　　　　　　　　　　　　　　　　　1947년 12월 28일
　　　　　　　　　　　　　　　　　　　　　　지용

차 례

서시序詩

죽는 날까지 하늘을 우러러
한 점 부끄럼이 없기를,
잎새에 이는 바람에도
나는 괴로워했다.
별을 노래하는 마음으로
모든 죽어가는 것을 사랑해야지
그리고 나한테 주어진 길을
걸어가야겠다.

오늘 밤에도 별이 바람에 스치운다.

1941. 11

제 1 장

별 헤는 밤

자화상

산모퉁이를 돌아 논가 외딴 우물을 홀로 찾아가선 가만히 들여다봅니다.

우물 속에는 달이 밝고 구름이 흐르고 하늘이 펼치고 파아란 바람이 불고 가을이 있습니다.

그리고 한 사나이가 있습니다.
어쩐지 그 사나이가 미워져 돌아갑니다.

돌아가다 생각하니 그 사나이가 가엾어집니다.
도로 가 들여다보니 사나이는 그대로 있습니다.

다시 그 사나이가 미워져 돌아갑니다.
돌아가다 생각하니 그 사나이가 그리워집니다.

우물 속에는 달이 밝고 구름이 흐르고 하늘이 펼치고 파아란 바람이 불고 가을이 있고 추억처럼 사나이가 있습니다.

1939. 9

소년

여기저기서 단풍잎 같은 슬픈 가을이 뚝뚝 떨어진다. 단풍잎 떨어져 나온 자리마다 봄을 마련해 놓고 나뭇가지 위에 하늘이 펼쳐 있다. 가만히 하늘을 들여다보려면 눈썹에 파란 물감이 든다. 두 손으로 따뜻한 볼을 쓸어보면 손바닥에도 파란 물감이 묻어난다. 다시 손바닥을 들여다본다. 손금에는 맑은 강물이 흐르고, 맑은 강물이 흐르고, 강물 속에는 사랑처럼 슬픈 얼굴—아름다운 순이順伊의 얼굴이 어린다. 소년은 황홀히 눈을 감아본다. 그래도 맑은 강물이 흘러 사랑처럼 슬픈 얼굴—아름다운 순이의 얼굴은 어린다.

1939

눈 오는 지도

순이順伊가 떠난다는 아침에 말 못할 마음으로 함박눈이 내려, 슬픈 것처럼 창밖에 아득히 깔린 지도 위에 덮인다. 방 안을 돌아다보아야 아무도 없다. 벽과 천정이 하얗다. 방 안에까지 눈이 내리는 것일까, 정말 너는 잃어버린 역사처럼 홀홀히 가는 것이냐, 떠나기 전에 일러둘 말이 있던 것을 편지를 써서도 네가 가는 곳을 몰라 어느 거리, 어느 마을, 어느 지붕 밑, 너는 내 마음속에만 남아 있는 것이냐. 네 쪼고만 발자국을 눈이 자꾸 내려 덮여 따라갈 수도 없다. 눈이 녹으면 남은 발자국 자리마다 꽃이 피리니 꽃 사이로 발자국을 찾아 나서면 일 년 열두 달 하냥* 내 마음에는 눈이 내리리라.

1941. 3

* 하냥 : '늘', '함께'의 방언

돌아와 보는 밤

세상으로부터 돌아오듯이 이제 내 좁은 방에 들어와 불을 끄옵니다. 불을 켜두는 것은 너무나 피로롭은 일이옵니다. 그것은 낮의 연장이옵기에—

이제 창을 열어 공기를 바꾸어 들여야 할 텐데 밖을 가만히 내다보아야 방 안과 같이 어두워 꼭 세상 같은데 비를 맞고 오던 길이 그대로 빗속에 젖어 있사옵니다.

하루의 울분을 씻을 바 없어 가만히 눈을 감으면 마음속으로 흐르는 소리, 이제 사상思想이 능금처럼 저절로 익어 가옵니다.

1941. 6

병원

　살구나무 그늘로 얼굴을 가리고, 병원 뒤뜰에 누워, 젊은 여자가 흰옷 아래로 하얀 다리를 드러내놓고 일광욕을 한다. 한나절이 기울도록 가슴을 앓는다는 이 여자를 찾아오는 이, 나비 한 마리도 없다. 슬프지도 않은 살구나무 가지에는 바람조차 없다.

　나도 모를 아픔을 오래 참다 처음으로 이곳에 찾아왔다. 그러나 나의 늙은 의사는 젊은이의 병을 모른다. 나한테는 병이 없다고 한다. 이 지나친 시련, 이 지나친 피로, 나는 성내서는 안 된다.

　여자는 자리에서 일어나 옷깃을 여미고 화단에서 금잔화 한 포기를 따 가슴에 꽂고 병실 안으로 사라진다. 나는 그 여자의 건강이— 아니 내 건강도 속히 회복되기를 바라며 그가 누웠던 자리에 누워 본다.

1940. 12

새로운 길

내를 건너서 숲으로
고개를 넘어서 마을로

어제도 가고 오늘도 갈
나의 길 새로운 길

민들레가 피고 까치가 날고
아가씨가 지나고 바람이 일고

나의 길은 언제나 새로운 길
오늘도…… 내일도……

내를 건너서 숲으로
고개를 넘어서 마을로

1938. 5

간판 없는 거리

정거장 플랫폼에
내렸을 때 아무도 없어,

다들 손님들뿐,
손님 같은 사람들뿐,

집집마다 간판이 없어
집 찾을 근심이 없어

빨갛게
파랗게
불 붙는 문자文字도 없이

모퉁이마다
자애로운 헌 와사등에
불을 켜놓고,

손목을 잡으면
다들, 어진 사람들
다들, 어진 사람들

봄, 여름, 가을, 겨울,
순서로 돌아들고.

1941

태초의 아침

봄날 아침도 아니고
여름, 가을, 겨울,
그런 날 아침도 아닌 아침에

빨—간 꽃이 피어났네,
햇빛이 푸른데,

그 전날 밤에
그 전날 밤에
모든 것이 마련되었네,

사랑은 뱀과 함께
독毒은 어린 꽃과 함께

또 태초의 아침

하얗게 눈이 덮이었고
전신주가 잉잉 울어
하나님 말씀이 들려온다.

무슨 계시일까.

빨리
봄이 오면
죄를 짓고
눈이
밝아

이브가 해산解産하는 수고를 다하면

무화과 잎사귀로 부끄런 데를 가리고

나는 이마에 땀을 흘려야겠다.

1941. 5

036

새벽이 올 때까지

다들 죽어 가는 사람들에게
검은 옷을 입히시오.

다들 살아가는 사람들에게
흰 옷을 입히시오.

그리고 한 침대에
가지런히 잠을 재우시오.

다들 울거들랑
젖을 먹이시오.

이제 새벽이 오면
나팔 소리 들려올 게외다.

1941. 5

무서운 시간

거 나를 부르는 것이 누구요,

가랑잎 이파리 푸르러 나오는 그늘인데,
나 아직 여기 호흡이 남아 있소.

한 번도 손들어 보지 못한 나를
손들어 표할 하늘도 없는 나를

어디에 내 한 몸 둘 하늘이 있어
나를 부르는 것이오.

일을 마치고 내 죽는 날 아침에는
서럽지도 않은 가랑잎이 떨어질 텐데……

나를 부르지 마오.

1941. 2

십자가

쫓아오던 햇빛인데
지금 교회당 꼭대기
십자가에 걸리었습니다.

첨탑이 저렇게도 높은데
어떻게 올라갈 수 있을까요.

종소리도 들려오지 않는데
휘파람이나 불며 서성거리다가,

괴로웠던 사나이,
행복한 예수 그리스도에게처럼
십자가가 허락된다면

모가지를 드리우고
꽃처럼 피어나는 피를
어두워 가는 하늘 밑에
조용히 흘리겠습니다.

1941. 5

바람이 불어

바람이 어디로부터 불어와
어디로 불려 가는 것일까,

바람이 부는데
내 괴로움에는 이유가 없다.

내 괴로움에는 이유가 없을까,

단 한 여자를 사랑한 일도 없다.
시대를 슬퍼한 일도 없다.

바람이 자꾸 부는데
내 발이 반석 위에 섰다.

강물이 자꾸 흐르는데
내 발이 언덕 위에 섰다.

1941. 6

슬픈 족속

흰 수건이 검은 머리를 두르고
흰 고무신이 거친 발에 걸리우다.

흰 저고리 치마가 슬픈 몸집을 가리고
흰 띠가 가는 허리를 질끈 동이다.

1938. 9

눈 감고 간다

태양을 사모하는 아이들아
별을 사랑하는 아이들아
밤이 어두웠는데
눈 감고 가거라.

가진 바 씨앗을
뿌리면서 가거라.
발뿌리에 돌이 채이거든
감았던 눈을 와짝 떠라.

1941. 5

또 다른 고향

고향에 돌아온 날 밤에
내 백골이 따라와 한 방에 누웠다.

어둔 방은 우주로 통하고
하늘에선가 소리처럼 바람이 불어온다.

어둠 속에 곱게 풍화 작용하는
백골을 들여다보며
눈물짓는 것이 내가 우는 것이냐
백골이 우는 것이냐
아름다운 혼이 우는 것이냐

지조 높은 개는
밤을 새워 어둠을 짓는다.

어둠을 짓는 개는
나를 쫓는 것일 게다.

가자 가자
쫓기우는 사람처럼 가자
백골 몰래
아름다운 또 다른 고향에 가자.

1941. 9

길

잃어버렸습니다.
무얼 어디다 잃었는지 몰라
두 손이 주머니를 더듬어
길에 나아갑니다.

돌과 돌과 돌이 끝없이 연달아
길은 돌담을 끼고 갑니다.

담은 쇠문을 굳게 닫아
길 위에 긴 그림자를 드리우고

길은 아침에서 저녁으로
저녁에서 아침으로 통했습니다.

돌담을 더듬어 눈물짓다
쳐다보면 하늘은 부끄럽게 푸릅니다.

풀 한 포기 없는 이 길을 걷는 것은
담 저쪽에 내가 남아 있는 까닭이고,

내가 사는 것은, 다만,
잃은 것을 찾는 까닭입니다.

1941. 9

별 헤는 밤

계절이 지나가는 하늘에는
가을로 가득 차 있습니다.

나는 아무 걱정도 없이
가을 속의 별들을 다 헤일 듯합니다.

가슴속에 하나 둘 새겨지는 별을
이제 다 못 헤는 것은
쉬이 아침이 오는 까닭이요,
내일 밤이 남은 까닭이요,
아직 나의 청춘이 다하지 않은 까닭입니다.

별 하나에 추억과
별 하나에 사랑과
별 하나에 쓸쓸함과
별 하나에 동경과
별 하나에 시와
별 하나에 어머니, 어머니,

어머님, 나는 별 하나에 아름다운 말 한 마디씩 불러봅니다. 소학교 때 책상을 같이 했던 아이들의 이름과, 패佩, 경鏡, 옥玉 이런 이국 소녀들의 이름과 벌써 애기 어머니 된 계집애들의 이름과, 가난한 이웃 사람들의 이름과, 비둘기, 강아지, 토끼, 노새, 노루, 프랜시스 잼, 라이너 마리아 릴케 이런 시인의 이름을 불러 봅니다.

이네들은 너무나 멀리 있습니다.
별이 아스라이 멀 듯이,

어머님,
그리고 당신은 멀리 북간도에 계십니다.

나는 무엇인지 그리워
이 많은 별빛이 내린 언덕 위에
내 이름자를 써 보고,
흙으로 덮어 버리었습니다.

딴은 밤을 새워 우는 벌레는
부끄러운 이름을 슬퍼하는 까닭입니다.

그러나 겨울이 지나고 나의 별에도 봄이 오면
무덤 위에 파란 잔디가 피어나듯이
내 이름자 묻힌 언덕 위에도
자랑처럼 풀이 무성할 게외다.

1941. 11

흰 그림자

황혼이 짙어지는 길모금에서
하루 종일 시들은 귀를 가만히 기울이면
땅거미 옮겨지는 발자취 소리,

발자취 소리를 들을 수 있도록
나는 총명했던가요.

이제 어리석게도 모든 것을 깨달은 다음
오래 마음 깊은 속에
괴로워하던 수많은 나를
하나, 둘 제 고장으로 돌려보내면
거리모퉁이 어둠 속으로
소리 없이 사라지는 흰 그림자,

흰 그림자들
연연히 사랑하던 흰 그림자들,

내 모든 것을 돌려보낸 뒤
허전히 뒷골목을 돌아
황혼처럼 물드는 내 방으로 돌아오면

신념이 깊은 의젓한 양￦처럼
하루 종일 시름없이 풀포기나 뜯자.

1942. 4

사랑스런 추억

봄이 오던 아침, 서울 어느 쪼그만 정거장에서
희망과 사랑처럼 기차를 기다려,

나는 플랫폼에 간신한 그림자를 떨어뜨리고,
담배를 피웠다.

내 그림자는 담배 연기 그림자를 날리고
비둘기 한 떼가 부끄러울 것도 없이
나래 속을 속, 속, 햇빛에 비춰, 날았다.

기차는 아무 새로운 소식도 없이
나를 멀리 실어다 주어,

봄은 다 가고― 동경 교외 어느 조용한
하숙방에서, 옛 거리에 남은 나를 희망과
사랑처럼 그리워한다.

오늘도 기차는 몇 번이나 무의미하게 지나가고,

오늘도 나는 누구를 기다려 정거장 가까운 언덕에서 서성거릴 게다.

— 아아 젊음은 오래 거기 남아 있거라.

1942. 5

흐르는 거리

으스름히 안개가 흐른다. 거리가 흘러간다. 저 전차, 자
동차, 모든 바퀴가 어디로 흘리워 가는 것일까? 정박할 아
무 항구도 없이, 가련한 많은 사람들을 싣고서, 안개 속에
잠긴 거리는,

거리 모퉁이 붉은 포스트상자를 붙잡고 섰을라면 모든
것이 흐르는 속에 어렴풋이 빛나는 가로등, 꺼지지 않는
것은 무슨 상징일까? 사랑하는 동무 박朴이여! 그리고 김
金이여! 자네들은 지금 어디 있는가? 끝없이 안개가 흐르
는데,

'새로운 날 아침 우리 다시 정답게 손목을 잡아 보세'
몇 자 적어 포스트 속에 떨어뜨리고, 밤을 새워 기다리면
금휘장에 금단추를 채우고 거인처럼 찬란히 나타나는 배
달부, 아침과 함께 즐거운 내림來臨,

이 밤을 하염없이 안개가 흐른다.

1942. 5

쉽게 씌어진 시

창밖에 밤비가 속살거려
육첩방六疊房은 남의 나라,

시인이란 슬픈 천명天命인 줄 알면서도
한 줄 시를 적어 볼까,

땀내와 사랑내 포근히 품긴
보내 주신 학비 봉투를 받아

대학 노—트를 끼고
늙은 교수의 강의 들으러 간다.

생각해 보면 어린 때 동무를
하나, 둘, 죄다 잃어버리고

나는 무얼 바라
나는 다만, 홀로 침전하는 것일까?

인생은 살기 어렵다는데
시가 이렇게 쉽게 쓰여지는 것은
부끄러운 일이다.

육첩방은 남의 나라
창밖에 밤비가 속살거리는데,

등불을 밝혀 어둠을 조금 내몰고,
시대처럼 올 아침을 기다리는 최후의 나,

나는 나에게 작은 손을 내밀어
눈물과 위안으로 잡는 최초의 악수.

1942. 6

봄

봄이 혈관 속에 시내처럼 흘러
돌, 돌, 시내 가까운 언덕에
개나리, 진달래, 노오란 배추꽃

삼동三冬을 참아 온 나는
풀포기처럼 피어난다.

즐거운 종달새야
어느 이랑에서 즐거웁게 솟쳐라.

푸르른 하늘은
아른아른 높기도 한데……

제 2 장

참 회 록

참회록

파란 녹이 낀 구리 거울 속에
내 얼굴이 남아 있는 것은
어느 왕조의 유물이기에
이다지도 욕될까

나는 나의 참회의 글을 한 줄에 줄이자
── 만 이십사 년 일 개월을
　　무슨 기쁨을 바라 살아왔던가

내일이나 모레나 그 어느 즐거운 날에
나는 또 한 줄의 참회록을 써야 한다.
── 그때 그 젊은 나이에
　　왜 그런 부끄런 고백을 했던가

밤이면 밤마다 나의 거울을
손바닥으로 발바닥으로 닦아보자.

그러면 어느 운석 밑으로 홀로 걸어가는
슬픈 사람의 뒷모양이
거울 속에 나타나 온다.

1942. 1

간肝

바닷가 햇빛 바른 바위 위에
습한 간을 펴서 말리우자,

코카서스 산중에서 도망해 온 토끼처럼
둘러리를 빙빙 돌며 간을 지키자,

내가 오래 기르던 여윈 독수리야!
와서 뜯어먹어라, 시름없이

너는 살지고
나는 여위어야지, 그러나,

거북이야!
다시는 용궁의 유혹에 안 떨어진다.

프로메테우스, 불쌍한 프로메테우스
불 도적한 죄로 목에 맷돌을 달고
끝없이 침전하는 프로메테우스,

1941. 11

위로

　거미란 놈이 흉한 심보로 병원 뒤뜰 난간과 꽃밭 사이 사람 발이 잘 닿지 않는 곳에 그물을 쳐 놓았다. 옥외 요양을 받는 젊은 사나이가 누워서 쳐다보기 바르게—

　나비가 한 마리 꽃밭에 날아들다 그물에 걸리었다. 노— 란 날개를 파득거려도 파득거려도 나비는 자꾸 감기우기만 한다. 거미가 쏜살같이 가더니 끝없는 끝없는 실을 뽑아 나비의 온몸을 감아버린다. 사나이는 긴 한숨을 쉬었다.

　나이보담 무수한 고생 끝에 때를 잃고 병을 얻은 이 사나이를 위로할 말이— 거미줄을 헝클어버리는 것밖에 위로의 말이 없었다.

1940. 12

팔복八福

— 마태복음 5장 3~12절

슬퍼하는 자는 복이 있나니
슬퍼하는 자는 복이 있나니
슬퍼하는 자는 복이 있나니
슬퍼하는 자는 복이 있나니
슬퍼하는 자는 복이 있나니
슬퍼하는 자는 복이 있나니
슬퍼하는 자는 복이 있나니
슬퍼하는 자는 복이 있나니

저희가 영원히 슬플 것이오.

못 자는 밤

하나, 둘, 셋, 넷
....
밤은
많기도 하다.

달같이

연륜이 자라듯이
달이 자라는 고요한 밤에
달같이 외로운 사랑이
가슴 하나 뻐근히
연륜처럼 피어 나간다.

1939. 9

고추밭

시들은 잎새 속에서
고 빠알간 살을 드러내놓고,
고추는 방년芳年된 아가씬 양
땍볕*에 자꾸 익어간다.

할머니는 바구니를 들고
밭머리에서 어정거리고
손가락 너어는 아이는
할머니 뒤만 따른다.

1938. 10

*땍볕 : '뙤약볕'의 방언

아우의 인상화

붉은 이마에 싸늘한 달이 서리어
아우의 얼굴은 슬픈 그림이다.

발걸음을 멈추어
살그머니 앳된 손을 잡으며
"너는 자라 무엇이 되려니"
"사람이 되지"
아우의 설운 진정코 설운 대답이다.

슬며시 잡았던 손을 놓고
아우의 얼굴을 다시 들여다본다.

싸늘한 달이 붉은 이마에 젖어
아우의 얼굴은 슬픈 그림이다.

1938. 9

사랑의 전당

순아 너는 내 전殿에 언제 들어왔던 것이냐?
내사 언제 네 전에 들어갔던 것이냐?

우리들의 전당은
고풍한 풍습이 어린 사랑의 전당

순아 암사슴처럼 수정 눈을 내려 감어라.
난 사자처럼 엉크린 머리를 고르련다.

우리들의 사랑은 한낱 벙어리였다.

성스런 촛대에 열熱한 불이 꺼지기 전
순아 너는 앞문으로 내달려라.

어둠과 바람이 유리창에 부딪치기 전
나는 영원한 사랑을 안은 채
뒷문으로 멀리 사라지련다.

이제 네게는 삼림 속의 아늑한 호수가 있고
내게는 준험한 산맥이 있다.

1938. 6

이적 異蹟

발에 터부한 것을 다 빼어버리고
황혼이 호수 위로 걸어오듯이
나도 사뿐사뿐 걸어보리이까?

내사 이 호수가로
부르는 이 없이
불리워 온 것은
참말 이적이외다.

오늘따라
연정戀情, 자홀自惚, 시기猜忌, 이것들이
자꾸 금메달처럼 만져지는구려

하나, 내 모든 것을 여념없이
물결에 씻어 보내려니
당신은 호면湖面으로 나를 불러내소서.

1938. 6

비 오는 밤

쏴— 철썩! 파도 소리 문살에 부서져
잠 살포시 꿈이 흩어진다.

잠은 한낱 검은 고래 떼처럼 설레어,
달랠 아무런 재주도 없다.

불을 밝혀 잠옷을 정성스레 여미는
삼경三更,
염원.

동경憧憬의 땅 강남에 또 홍수질 것만 싶어,
바다의 향수보다 더 호젓해진다.

1938. 6

산골 물

괴로운 사람아 괴로운 사람아
옷자락 물결 속에서도
가슴속 깊이 돌돌 샘물이 흘러
이 밤을 더불어 말할 이 없도다.
거리의 소음과 노래 부를 수 없도다.
그신 듯이 냇가에 앉았으니
사랑과 일을 거리에 맡기고
가만히 가만히
바다로 가자,
바다로 가자,

유언

후어—ㄴ한 방에
유언은 소리 없는 입놀림.

    바다에 진주 캐러 갔다는 아들
    해녀와 사랑을 속삭인다는 맏아들
    이밤에사 돌아오나 내다봐라—

평생 외롭던 아버지의 운명殞命
감기우는 눈에 슬픔이 어린다.

외딴집에 개가 짖고
휘양찬 달이 문살에 흐르는 밤.

1937. 10

창

쉬는 시간마다
나는 창녘으로 갑니다.

— 창은 산 가르침.

이글이글 불을 피워주소,
이 방에 찬 것이 서립니다.

단풍잎 하나
맴도나 보니
아마도 자그마한 선풍旋風이 인 게외다.

그래도 싸늘한 유리창에
햇살이 쨍쨍한 무렵,
상학종上學鐘이 울어만 싶습니다.

1937. 10

바다

실어다 뿌리는
바람조차 시원타.

솔나무 가지마다 새춤히
고개를 돌리어 뻐들어지고,

밀치고
밀치운다.

이랑을 넘는 물결은
폭포처럼 피어오른다.

해변에 아이들이 모인다
찰찰 손을 씻고 구보로.

바다는 자꾸 섧어진다.
갈매기의 노래에……

돌아다보고 돌아다보고
돌아가는 오늘의 바다여!

1937. 9

비로봉

만상을
굽어보기란—

무릎이
오들오들 떨린다.

백화
어려서 늙었다.

새가
나비가 된다.

정말 구름이
비가 된다.

옷자락이
춥다.

1937. 9

산협山峽의 오후

내 노래는 오히려
섧은 산울림.

골짜기 길에
떨어진 그림자는
너무나 슬프구나

오후의 명상은
아— 졸려.

1937. 9

명상

가츨가츨한 머리칼은 오막살이 처마 끝,
휘파람에 콧마루가 서운한 양 간질키오.

들창 같은 눈은 가볍게 닫혀
이 밤에 연정은 어둠처럼 골골이 스며드오.

1937. 8

소낙비

번개, 뇌성, 왁자지근 뚜다려
머―ㄴ 도회지에 낙뢰가 있어만 싶다.

벼룻장 엎어논 하늘로
살 같은 비가 살처럼 쏟아진다.

손바닥만 한 나의 정원이
마음같이 흐린 호수되기 일쑤다.

바람이 팽이처럼 돈다.
나무가 머리를 이루 잡지 못한다.

내 경건한 마음을 모셔드려
노아 때 하늘을 한 모금 마시다.

1937. 8

한란계 寒暖界

싸늘한 대리석 기둥에 모가지를 비틀어 맨 한란계,
문득 들여다볼 수 있는 운명運命한 오 척尺 육 촌寸의 허
리 가는 수은주,
마음은 유리관보다 맑소이다.

혈관이 단조로워 신경질인 여론동물輿論動物,
가끔 분수 같은 냉冷침을 억지로 삼키기에
정력을 낭비합니다.

영하로 손가락질할 수돌네 방처럼 추운 겨울보다
해바라기 만발한 팔월 교정이 이상理想 곱소이다.
피 끓을 그날이—

어제는 막 소낙비가 퍼붓더니 오늘은 좋은 날씨올시다.
동저고리 바람에 언덕으로, 숲으로 하시구려—
이렇게 가만가만 혼자서 귓속 이야기를 하였습니다.
나는 또 내가 모르는 사이에—

나는 아마도 진실眞實한 세기世紀의 계절을 따라—
하늘만 보이는 울타리 안을 뛰쳐,
역사 같은 포지션을 지켜야 봅니다.

1937. 7

풍경

봄바람을 등진 초록빛 바다
쏟아질 듯 쏟아질 듯 위태롭다.

잔주름 치마폭의 두둥실거리는 물결은,
오스라질 듯 한끝 경쾌롭다.

마스트 끝에 붉은 깃발이
여인의 머리칼처럼 나부낀다.

이 생생한 풍경을 앞세우며 뒤세우며
외—ㄴ하루 거닐고 싶다.

― 우중충한 오월 하늘 아래로,
― 바닷빛 포기포기에 수놓은 언덕으로.

                                    1937. 5

달밤

흐르는 달의 흰 물결을 밀쳐
여윈 나무 그림자를 밟으며
북망산을 향한 발걸음은 무거웁고
고독을 반려한 마음은 슬프기도 하다.

누가 있어만 싶던 묘지엔 아무도 없고,
정적만이 군데군데 흰 물결에 푹 젖었다.

1937. 4

장

이른 아침 아낙네들은 시들은 생활을
바구니 하나 가득 담아 이고……
업고 지고…… 안고 들고……
모여드오 자꾸 장에 모여드오.

가난한 생활을 골골이 버려놓고
밀려가고 밀려오고……
저마다 생활을 외치오…… 싸우오.

왼 하루 올망졸망한 생활을
되질하고 저울질하고 자질하다가
날이 저물어 아낙네들이
쓴 생활과 바꾸어 또 이고 돌아가오.

1937. 봄

밤

외양간 당나귀
아—ㅇ 외마디 울음 울고,

당나귀 소리에
으—아 아 애기 소스라쳐 깨고,

등잔에 불을 다오.

아버지는 당나귀에게
짚을 한 키 담아주고,

어머니는 애기에게
젖을 한 모금 먹이고,

밤은 다시 고요히 잠드오.

1937. 3

128

황혼이 바다가 되어

하루도 검푸른 물결에
흐느적 잠기고…… 잠기고……

저— 웬 검은 고기 떼가
물든 바다를 날아 횡단할꼬.

낙엽이 된 해초
해초마다 슬프기도 하오.

서창에 걸린 해말간 풍경화.
옷고름 너어는 고아孤兒의 설움.

이제 첫 항해하는 마음을 먹고
방바닥에 나뒹구오…… 뒹구오……

황혼이 바다가 되어
오늘도 수많은 배가
나와 함께 이 물결에 잠겼을 게요.

1937. 1

아침

획, 획, 획
소꼬리가 부드러운 채찍질로
어둠을 쫓아,
캄, 캄, 어둠이 깊다깊다 밝으오.

이제 이 동리洞里의 아침이
풀살 오른 소엉덩이처럼 푸르오.
이 동리 콩죽 먹은 사람들이
땀물을 뿌려 이 여름을 길렀소.
잎, 잎, 풀잎마다 땀방울이 맺혔소.

구김살 없는 이 아침을
심호흡하오 또 하오.

1936

빨래

빨랫줄에 두 다리를 드리우고
흰 빨래들이 귓속 이야기하는 오후午後,

쨍쨍한 칠월 햇발은 고요히도
아담한 빨래에만 달린다.

1936

제 3 장

초한대

종달새

종달새는 이른 봄날
질디진 거리의 뒷골목이
싫더라.
명랑한 봄하늘,
가벼운 두 나래를 펴서
요염한 봄노래가
좋더라,
그러나,
오늘도 구멍 뚫린 구두를 끌고,
훌렁훌렁 뒷거리 길로
고기 새끼 같은 나는 헤매나니,
나래와 노래가 없음인가
가슴이 답답하구나.

1936. 3 평양에서

비애

호젓한 세기世紀의 달을 따라
알 듯 모를 듯한 데로 거닐고저!

아닌 밤중에 튀기듯이
잠자리를 뛰쳐
끝없는 광야를 홀로 거니는
사람의 심사는 외로우려니

아— 이 젊은이는
피라밋처럼 슬프구나

1937. 8

장미 병들어

장미 병들어
옮겨 놓을 이웃이 없도다.

달랑달랑 외로이
황마차幌馬車 태워 산에 보낼거나

뚜— 구슬피
화륜선火輪船 태워 대양大洋에 보낼거나

프로펠러 소리 요란히
비행기 태워 성층권成層圈에 보낼거나

이것저것
다 그만두고

자라나는 아들이 꿈을 깨기 전
이내 가슴에 묻어다오.

1939. 9

오후의 구장球場

늦은 봄 기다리던 토요일날
오후 세 시 반의 경성행 열차는 석탄 연기를 자욱이 품
기고
지나가고

한 몸을 끄을기에 강하던
공이 자력을 잃고
한 모금의 물이
불붙는 목을 축이기에
넉넉하다.
젊은 가슴의 피 순환이 잦고,
두 철각이 늘어진다.

검은 기차 연기와 함께
푸른 산이
아지랑이 저쪽으로
가라앉는다.

1936. 5

모란봉에서

앙당한 소나무 가지에
훈훈한 바람의 날개가 스치고,
얼음 섞인 대동강 물에
한나절 햇발이 미끄러지다.

허물어진 성터에서
철모르는 여아들이
저도 모를 이국말로
재잘대며 뜀을 뛰고

난데없는 자동차가 밉다.

1936. 3

이별

눈이 오다 물이 되는 날
잿빛 하늘에 또 뿌연내, 그리고
커다란 기관차는 빼—액— 울며,
조그만 가슴은 울렁거린다.

이별이 너무 재빠르다, 안타깝게도,
사랑하는 사람을,
일터에서 만나자 하고—

더운 손의 맛과 구슬 눈물이 마르기 전
기차는 꼬리를 산굽으로 돌렸다.

1936. 3

곡간谷間

산들이 두 줄로 줄달음질치고
여울이 소리쳐 목이 잦았다.
한여름의 햇님이 구름을 타고
이 골짜기를 빠르게도 건너려 한다.

산등허리에 송아지 뿔처럼
울뚝불뚝히 어린 바위가 솟고,
얼룩소의 보드라운 털이
산등성이에 퍼—렇게 자랐다.

삼 년 만에 고향 찾아드는
산골 나그네의 발걸음이
타박타박 땅을 고눈다.
벌거숭이 두루미 다리같이……

헌신짝이 지팡이 끝에
모가지를 매달아 늘어지고,
까치가 새끼의 날발을 태우며 날 뿐,
골짝은 나그네의 마음처럼 고요하다.

1936 여름

코스모스

청초한 코스모스는
오직 하나인 나의 아가씨,

달빛이 싸늘히 추운 밤이면
옛 소녀가 못 견디게 그리워
코스모스 핀 정원으로 찾아간다.

코스모스는
귀또리 울음에도 수줍어지고,

코스모스 앞에 선 나는
어렸을 적처럼 부끄러워지나니,

내 마음은 코스모스의 마음이요
코스모스의 마음은 내 마음이다.

식권

식권은 하루 세 끼를 준다.

식모는 젊은 아이들에게
한때 흰 그릇 셋을 준다.

대동강 물로 끓인 국,
평안도 쌀로 지은 밥,
조선의 매운 고추장,

식권은 우리 배를 부르게.

1936. 3

그 여자

함께 핀 꽃에 처음 익은 능금은
먼저 떨어졌습니다.

오늘도 가을바람은 그냥 붑니다.

길가에 떨어진 붉은 능금은
지나가는 손님이 집어갔습니다.

1937. 7

공상

공상—
내 마음의 탑
나는 말없이 이 탑을 쌓고 있다.
명예와 허영의 천공天空에다,
무너질 줄도 모르고,
한 층 두 층 높이 쌓는다.

무한한 나의 공상—
그것은 내 마음의 바다,
나는 두 팔을 펼쳐서,
나의 바다에서
자유로이 헤엄친다.
황금, 지욕知慾의 수평선을 향하여.

1935. 10월 이전 추정

호주머니

넣을 것 없어
걱정이던
호주머니는,

겨울만 되면
주먹 두 개 갑북갑북.

1937

사과

붉은 사과 한 개를
아버지, 어머니,
누나, 나, 넷이서
껍질째로 송치까지
다— 나눠먹었소.

1936

나무

나무가 춤을 추면
바람이 불고,
나무가 잠잠하면
바람도 자오.

1937

만돌이

만돌이가 학교에서 돌아오다가
전봇대 있는 데서
돌짜기 다섯 개를 주웠습니다.

전봇대를 겨누고
돌 첫 개를 뿌렸습니다.
—— 딱 ——
두 개째 뿌렸습니다.
—— 아뿔사 ——
세 개째 뿌렸습니다.
—— 딱 ——
네 개째 뿌렸습니다.
—— 아뿔싸 ——
다섯 개째 뿌렸습니다.
—— 딱 ——

다섯 개에 세 개……
그만하면 되었다.
내일 시험,
다섯 문제에 세 문제만 하면——
손꼽아 구구를 하여봐도
허양 육십 점이다.
볼 거 있나 공 차러 가자.

그 이튿날 만돌이는
꼼짝 못 하고 선생님한테
흰 종이를 바쳤을까요
그렇잖으면 정말
육십 점을 맞았을까요

1937. 3 추정

고향집
— 만주에서 부른

헌 짚신짝 끄을고
나 여기 왜 왔노
두만강을 건너서
쓸쓸한 이 땅에

남쪽 하늘 저 밑에
따뜻한 내 고향
내 어머니 계신 곳
그리운 고향집

1936

비행기

머리에 프로펠러가
연자간 풍체보다
더— 빨리 돈다.

땅에서 오를 때보다
하늘에 높이 떠서는
빠르지 못하다
숨결이 찬 모양이야.

비행기는—
새처럼 나래를
펄럭거리지 못한다
그리고 늘—
소리를 지른다.
숨이 찬가 봐.

1936. 10

내일은 없다
― 어린 마음이 물은

내일 내일 하기에
물었더니
밤을 자고 동틀 때
내일이라고.

새날을 찾던 나는
잠을 자고 돌보니
그때는 내일이 아니라
오늘이더라.

무리여!
내일은 없나니
…………

개

눈 위에서
개가

꽃을 그리며
뛰오

1936. 12

꿈은 깨어지고

잠은 눈을 떴다
그윽한 유무幽霧에서.

노래하는 종달이
도망쳐 달아나고,

지난날 봄타령하던
금잔디밭은 아니다.

탑은 무너졌다,
붉은 마음의 탑이—

손톱으로 새긴 대리석 탑이—
하룻저녁 폭풍에 여지없이도,

오오 황폐의 쑥밭,
눈물과 목메임이여!

꿈은 깨어졌다
탑은 무너졌다.

1936. 7

산림

시계時計가 자근자근 가슴을 때려
불안한 마음을 산림이 부른다.

천년 오래인 연륜에 짜들은 유암幽暗한 산림이,
고달픈 한몸을 포용할 인연을 가졌나 보다.

산림의 검은 파동 위로부터
어둠은 어린 가슴을 짓밟고

이파리를 흔드는 저녁 바람이
쏴― 공포에 떨게 한다.

멀리 첫여름의 개구리 재질댐에
흘러간 마을의 과거는 아질타.

나무 틈으로 반짝이는 별만이
새날의 희망으로 나를 이끈다.

1936. 6

이런 날

사이좋은 정문의 두 돌기둥 끝에서
오색기와 태양기가 춤을 추는 날,
금을 그은 지역의 아이들이 즐거워하다.

아이들에게 하루의 건조한 학과學課로
해맑간 권태가 깃들고
'모순矛盾' 두 자를 이해치 못하도록
머리가 단순하였구나.

이런 날에는
잃어버린 완고하던 형을
부르고 싶다.

1936. 6

산상山上

거리가 바둑판처럼 보이고,
강물이 뱀의 새끼처럼 기는
산 위에까지 왔다.
아직쯤은 사람들이
바둑돌처럼 벌여 있으리라.

한나절의 태양이
함석지붕에만 비치고,
굼벵이 걸음을 하는 기차가
정거장에 섰다가 검은 내를 토하고
또 걸음발을 탄다.

텐트 같은 하늘이 무너져
이 거리 덮을까 궁금하면서
좀 더 높은 데로 올라가고 싶다.

1936. 5

양지쪽

저쪽으로 황토 실은 이 땅 봄바람이
호인胡人의 물레바퀴처럼 돌아 지나고

아롱진 사월 태양의 손길이
벽을 등진 섧은 가슴마다 올올이 만진다.

지도째기 놀음에 뉘 땅인 줄 모르는 애 둘이
한 뼘 손가락이 짧음을 한恨함이여

아서라! 가뜩이나 엷은 평화가
깨어질까 근심스럽다.

1936. 6

닭

한 간間 계사鷄舍 그 너머 창공이 깃들어
자유의 향토를 잊은 닭들이
시들은 생활을 주잘대고
생산의 고로苦勞를 부르짖었다.

음산한 계사에서 쏠려 나온
외래종 레그혼,
학원에서 새무리가 밀려 나오는
삼월의 맑은 오후도 있다.

닭들은 녹아드는 두엄을 파기에
아담한 두 다리가 분주하고
굶주렸던 주두리가 바지런하다.
두 눈이 붉게 여물도록—

1936. 봄

190

가슴1

소리 없는 북,
답답하면 주먹으로
뚜다려 보오.

그래 봐도
후—
가아는 한숨보다 못하오.

1936. 3 평양에서

가슴2

불 꺼진 화火독을
안고 도는 겨울밤은 깊었다.

재만 남은 가슴이
문풍지 소리에 떤다.

1936. 7

비둘기

안아보고 싶게 귀여운
산비둘기 일곱 마리
하늘 끝까지 보일 듯이 맑은 공일날 아침에
벼를 거두어 빤빤한 논에
앞을 다투어 모이를 주으며
어려운 이야기를 주고받으오.

날씬한 두 나래로 조용한 공기를 흔들어
두 마리가 나오
집에 새끼 생각이 나는 모양이오.

1936. 3

황혼

햇살은 미닫이 틈으로
길죽한 일─자를 쓰고…… 지우고……

까마귀 떼 지붕 위로
둘, 둘, 셋, 넷, 자꾸 날아 지난다.
쑥쑥, 꿈틀꿈틀 북쪽 하늘로,

내사……
북쪽 하늘에 나래를 펴고 싶다.

                              1936. 2 평양에서

남쪽 하늘

제비는 두 나래를 가지었다.
시산한 가을날—

어머니의 젖가슴이 그리운
서리 내리는 저녁—
어린 영靈은 쪽나래의 향수를 타고
남쪽 하늘에 떠돌 뿐—

1935. 10 평양에서

창공

그 여름날
열정의 포플러는
오려는 창공의 푸른 젖가슴을
어루만지려
팔을 펼쳐 흔들거렸다.
끓는 태양 그늘 좁다란 지점에서

천막 같은 하늘 밑에서
떠들던, 소나기
그리고 번개를,

춤추던 구름은 이끌고
남방으로 도망하고,
높다랗게 창공은 한 폭으로
가지 위에 퍼지고
둥근 달과 기러기를 불러왔다.

푸르른 어린 마음이 이상에 타고,
그의 동경憧憬의 날 가을에
조락凋落의 눈물을 비웃다.

1935. 10 평양에서

거리에서

달밤의 거리
광풍이 휘날리는
북국의 거리
도시의 진주眞珠
전등 밑을 헤엄치는
조그만 인어 나,
달과 전등에 비쳐
한 몸에 둘셋의 그림자,
커졌다 작아졌다.

괴롬의 거리
회색빛 밤거리를
걷고 있는 이 마음
선풍旋風이 일고 있네
외로우면서도
한 갈피 두 갈피
피어나는 마음의 그림자,
푸른 공상이
높아졌다 낮아졌다.

1935. 1

삶과 죽음

삶은 오늘도 죽음의 서곡을 노래하였다.
이 노래가 언제나 끝나랴

세상 사람은—
뼈를 녹여내는 듯한 삶의 노래에
춤을 춘다.
사람들은 해가 넘어가기 전
이 노래 끝의 공포를
생각할 사이가 없었다.

하늘 복판에 아로새기듯이
이 노래를 부른 자가 누구뇨

그리고 소낙비 그친 뒤같이도
이 노래를 그친 자가 누구뇨

죽고 뼈만 남은
죽음의 승리자 위인들!

1934. 12

초 한 대

초 한 대—
내 방에 풍긴 향내를 맡는다.

광명의 제단이 무너지기 전
나는 깨끗한 제물을 보았다.

염소의 갈비뼈 같은 그의 몸,
그의 생명인 심지까지
백옥 같은 눈물과 피를 흘려
불살라버린다.

그리고도 책상머리에 아롱거리며
선녀처럼 촛불은 춤을 춘다.

매를 본 꿩이 도망하듯이
암흑이 창구멍으로 도망한

나의 방에 품긴
제물의 위대한 향내를 맛보노라.

1934. 12

제 4 장

편 지

산울림

까치가 울어서
산울림,
아무도 못 들은
산울림,

까치가 들었다.
산울림,
저 혼자 들었다.
산울림.

1938. 5

해바라기 얼굴

누나의 얼굴은
　해바라기 얼굴
해가 금방 뜨자
　일터에 간다.

해바라기 얼굴은
　누나의 얼굴
얼굴이 숙어들어
　집으로 온다.

1938

귀뚜라미와 나와

귀뚜라미와 나와
잔디밭에서 이야기했다.

귀뚤귀뚤
귀뚤귀뚤

아무에게도 알으켜주지 말고
우리 둘만 알자고 약속했다.

귀뚤귀뚤
귀뚤귀뚤

귀뚜라미와 나와
달 밝은 밤에 이야기했다.

1938

216

애기의 새벽

우리 집에는
닭도 없단다.
다만
애기가 젖달라 울어서
새벽이 된다.

우리 집에는
시계도 없단다.
다만
애기가 젖달라 보채어
새벽이 된다.

1938

햇빛 · 바람

손가락에 침 발라
쏘옥, 쏙, 쏙,
장에 가는 엄마 내다보려
문풍지를
쏘옥, 쏙, 쏙,

아침에 햇빛이 반짝,

손가락에 침 발라
쏘옥, 쏙, 쏙,
장에 가신 엄마 돌아오나
문풍지를
쏘옥, 쏙, 쏙,

저녁에 바람이 솔솔,

1938

반딧불

가자 가자 가자
숲으로 가자
달조각을 주으러
숲으로 가자.

　　그믐밤의 반딧불은
　　부서진 달조각,

가자 가자 가자
숲으로 가자
달조각을 주으러
숲으로 가자.

둘 다

바다도 푸르고
하늘도 푸르고

바다도 끝없고
하늘도 끝없고

바다에 돌 던지고
하늘에 침 뱉고

바다는 벙글
하늘은 잠잠.

1937

거짓부리

똑, 똑, 똑
문 좀 열어주세요
하룻밤 자고 갑시다.
　밤은 깊고 날은 추운데
　거 누굴까?
문 열어주고 보니
검둥이의 꼬리가
거짓부리한걸.

꼬끼오, 꼬끼오,
달걀 낳았다.
간난아 어서 집어 가거라
　간난이 뛰어가 보니
　달걀은 무슨 달걀,
고놈의 암탉이
대낮에 새빨간
거짓부리한걸.

　　　　　　　　　　　　1937. 10

눈

지난밤에
눈이 소오복이 왔네

지붕이랑
길이랑 밭이랑
추워한다고
덮어주는 이불인가 봐

그러기에
추운 겨울에만 내리지

1936. 12

참새

가을 지난 마당은 하이얀 종이
참새들이 글씨를 공부하지요.

째액째액 입으로 받아 읽으며
두 발로는 글씨를 연습하지요.

하루 종일 글씨를 공부하여도
짹자 한 자밖에는 더 못 쓰는걸.

1936. 12

버선본

어머니
누나 쓰다 버린 습자지는
두었다간 뭣에 쓰나요?

그런 줄 몰랐더니
습자지에다 내 버선 놓고
가위로 오려
버선본 만드는걸.

어머니
내가 쓰다 버린 몽당연필은
두었다간 뭣에 쓰나요?

그런 줄 몰랐더니
천 위에다 버선본 놓고
침 발라 점을 찍곤
내 버선 만드는걸.

1936. 12

233

편지

누나!
이 겨울에도
눈이 가득히 왔습니다.

흰 봉투에
눈을 한 줌 넣고
글씨도 쓰지 말고
우표도 붙이지 말고
말쑥하게 그대로
편지를 부칠까요?

누나 가신 나라엔
눈이 아니 온다기에.

1936. 12

봄

우리 애기는
아래발치에서 코올코올,

고양이는
부뚜막에서 가릉가릉,

애기 바람이
나뭇가지에서 소올소올,

아저씨 햇님이
하늘 한가운데서 째앵째앵.

1936. 10

무얼 먹고 사나

바닷가 사람
물고기 잡아 먹고 살고

산골엣 사람
감자 구워 먹고 살고

별나라 사람
무얼 먹고 사나.

1936. 10

굴뚝

산골짜기 오막살이 낮은 굴뚝엔
몽기몽기 웬 연기 대낮에 솟나,

감자를 굽는 게지 총각애들이
깜박깜박 검은 눈이 모여 앉아서
입술에 꺼멓게 숯을 바르고
옛이야기 한 커리*에 감자 하나씩.

산골짜기 오막살이 낮은 굴뚝엔
살랑살랑 솟아나네 감자 굽는 내.

1936. 가을

* 커리 : '켤레'의 방언.

햇비

아씨처럼 내린다
보슬보슬 햇비
맞아 주자 다 같이
　옥수숫대처럼 크게
　닷자 엿자 자라게
　햇님이 웃는다
　나 보고 웃는다

하늘다리 놓였다
알롱알롱 무지개
노래하자 즐겁게
　동무들아 이리 오나
　다 같이 춤을 추자
　햇님이 웃는다
　즐거워 웃는다

1936. 9

빗자루

요오리 조리 베면 저고리 되고
이이렇게 베면 큰 총 되지.
　　누나하고 나하고
　　가위로 종이 쏠았더니
　　어머니가 빗자루 들고
　　누나 하나 나 하나
　　엉덩이를 때렸소
　　방바닥이 어지럽다고—
　　아아니 아니
　　고놈의 빗자루가
　　방바닥 쓸기 싫으니
　　그랬지 그랬어
괘씸하여 벽장 속에 감췄더니
이튿날 아침 빗자루가 없다고
어머니가 야단이지요.

1936. 9

기왓장 내외

비 오는 날 저녁에 기왓장 내외
잃어버린 외아들 생각나선지
꼬부라진 잔등을 어루만지며
쭈룩쭈룩 구슬피 울음 웁니다.

대궐 지붕 위에서 기왓장 내외
아름답던 옛날이 그리워선지
주름 잡힌 얼굴을 어루만지며
물끄러미 하늘만 쳐다봅니다.

1936

오줌싸개 지도

빨랫줄에 걸어 논
　요에다 그린 지도
지난밤에 내 동생
　오줌 싸 그린 지도

꿈에 가본 엄마 계신
　별나라 지돈가?
돈 벌러 간 아빠 계신
　만주 땅 지돈가?

1936

병아리

'뾰, 뾰, 뾰
엄마 젖 좀 주'
병아리 소리.

'꺽, 꺽, 꺽
오냐 좀 기다려'
엄마닭 소리.

좀 있다가
병아리들은
엄마 품속으로
다 들어갔지요.

1936. 1

조개껍질

아롱아롱 조개껍데기
울 언니 바닷가에서
주워 온 조개껍데기

여긴여긴 북쪽나라요
조개는 귀여운 선물
장난감 조개껍데기

데굴데굴 굴리며 놀다
짝 잃은 조개껍데기
한 짝을 그리워하네

아롱아롱 조개껍데기
나처럼 그리워하네
물소리 바닷물 소리.

1935. 12

겨울

처마 밑에
시래기 다래미
바삭바삭
추워요.

길바닥에
말똥 동그램이
달랑달랑
얼어요.

제 5 장

투르게네프의 언덕

투르게네프의 언덕

　나는 고갯길을 넘고 있었다……그때 세 소년 거지가 나를 지나쳤다.

　첫째 아이는 잔등에 바구니를 둘러메고, 바구니 속에는 사이다병, 간즈메통, 쇳조각, 헌 양말짝 등 폐물이 가득하였다.

　둘째 아이도 그러하였다.

　셋째 아이도 그러하였다.

　텁수룩한 머리털, 시커먼 얼굴에 눈물 고인 충혈된 눈, 색 잃어 푸르스름한 입술, 너덜너덜한 남루, 찢겨진 맨발,

　아아 얼마나 무서운 가난이 이 어린 소년들을 삼키었느냐!

　나는 측은한 마음이 움직이었다.

　나는 호주머니를 뒤지었다. 두툼한 지갑, 시계, 손수건…… 있을 것은 죄다 있었다.

　그러나 무턱대고 이것들을 내줄 용기는 없었다. 손으로 만지작만지작거릴 뿐이었다.

　다정스레 이야기나 하리라 하고 '얘들아' 불러보았다.

　첫째 아이가 충혈된 눈으로 흘끔 돌아다볼 뿐이었다.

　둘째 아이도 그러할 뿐이었다.

셋째 아이도 그러할 뿐이었다.

그리고는 너는 상관없다는 듯이 자기네끼리 소곤소곤
이야기하면서 고개를 넘어갔다.

언덕 위에는 아무도 없었다.

짙어가는 황혼이 밀려들 뿐

1939. 9

달을 쏘다

　번거롭던 사위四圍가 잠잠해지고 시계 소리가 또렷하나 보니 밤은 적이 깊을 대로 깊은 모양이다. 보던 책자를 책상머리에 밀어놓고 잠자리를 수습한 다음 잠옷을 걸치는 것이다. '딱' 스위치 소리와 함께 전등을 끄고 창窓역의 침대에 드러누우니 이때까지 밖은 휘양찬 달밤이었던 것을 감각치 못하였었다. 이것도 밝은 전등의 혜택이었을까.

　나의 누추한 방이 달빛에 잠겨 아름다운 그림이 된다는 것보담도 오히려 슬픈 선창船艙이 되는 것이다. 창살이 이마로부터 콧마루, 입술, 이렇게 하얀 가슴에 여민 손등에까지 어른거려 나의 마음을 간질이는 것이다. 옆에 누운 분의 숨소리에 방은 무시무시해진다. 아이처럼 황황해지는 가슴에 눈을 치떠서 밖을 내다보니 가을 하늘은 역시 맑고 우거진 송림은 한 폭의 묵화다. 달빛은 솔가지에 쏟아져 바람인 양 쏴— 소리가 날 듯하다. 들리는 것은 시계 소리와 숨소리와 귀또리 울음뿐 벅쩍대던 기숙사도 절간보다 더 한층 고요한 것이 아니냐?

　나는 깊이 사념에 잠기우기 한창이다. 딴은 사랑스런 아가씨를 사유私有할 수 있는 아름다운 상화想華도 좋고, 어릴 적 미련을 두고 온 고향에의 향수도 좋거니와 그보담

손쉽게 표현 못할 심각한 그 무엇이 있다.

바다를 건너온 H군의 편지 사연을 곰곰 생각할수록 사람과 사람 사이의 감정이란 미묘한 것이다. 감상적인 그에게도 필연코 가을은 왔나 보다.

편지는 너무나 지나치지 않았던가.

그중 한 토막,

"군君아, 나는 지금 울며울며 이 글을 쓴다. 이 밤도 달이 뜨고, 바람이 불고, 인간인 까닭에 가을이란 흙냄새도 안다. 정情의 눈물, 따뜻한 예술학도였던 정의 눈물도 이 밤이 마지막이다."

또 마지막 켠으로 이런 구절이 있다.

"당신은 나를 영원히 쫓아버리는 것이 정직할 것이오."

나는 이 글의 뉘앙스를 해득解得할 수 있다. 그러나 사실 나는 그에게 아픈 소리 한 마디 한 일이 없고 서러운 글 한 쪽 보낸 일이 없지 아니한가. 생각건대 이 죄는 다만 가을에게 지워 보낼 수밖에 없다.

홍안서생紅顔書生으로 이런 단안斷案을 내리는 것은 외람한 일이나 동무란 한낱 괴로운 존재요 우정이란 진정코 위태로운 잔에 떠놓은 물이다. 이 말을 반대할 자 누구랴. 그러나 지기知己 하나 얻기 힘들다 하거늘 알뜰한 동무 하나 잃어버린다는 것이 살을 베어내는 아픔이다.

나는 나를 정원에서 발견하고 창을 넘어 나왔다든가 방문을 열고 나왔다든가 왜 나왔느냐 하는 어리석은 생각에 두뇌를 괴롭게 할 필요는 없는 것이다. 다만 귀또리 울음에도 수줍어지는 코스모스 앞에 그윽이 서서 닥터 빌링스의 동상 그림자처럼 슬퍼지면 그만이다. 나는 이 마음을 아무에게나 전가시킬 심보는 없다. 옷깃은 민감이어서 달빛에도 싸늘히 추워지고 가을 이슬이란 선득선득하여서 설운 사나이의 눈물인 것이다.

발걸음은 몸뚱이를 옮겨 못가에 세워줄 때 못 속에도 역시 가을이 있고, 삼경三更이 있고, 나무가 있고, 달이 있다.

그 찰나 가을이 원망스럽고 달이 미워진다. 더듬어 돌을 찾아 달을 향하여 죽어라고 팔매질을 하였다. 통쾌! 달은 산산이 부서지고 말았다. 그러나 놀랐던 물결이 잦아들 때 오래잖아 달은 도로 살아난 것이 아니냐, 문득 하늘을 쳐다보니 얄미운 달은 머리 위에서 빈정대는 것을…….

　나는 꼿꼿한 나뭇가지를 골라 띠를 째서 줄을 매어 훌륭한 활을 만들었다. 그리고 좀 탄탄한 갈대로 화살을 삼아 무사의 마음을 먹고 달을 쏘다.

1938. 10

별똥 떨어진 데

밤이다.

하늘은 푸르다 못해 농회색濃灰色으로 캄캄하나 별들만은 또렷또렷 빛난다. 침침한 어둠뿐만 아니라 오삭오삭 춥다. 이 육중한 기류 가운데 자조하는 한 젊은이가 있다. 그를 나라고 불러두자.

나는 이 어둠에서 배태胚胎되고 이 어둠에서 생장하여서 아직도 이 어둠 속에 그대로 생존하나 보다. 이제 내가 갈 곳이 어딘지 몰라 허우적거리는 것이다. 하기는 나는 세기의 초점인 듯 초췌하다. 얼핏 생각하기에는 내 바닥을 반듯이 받들어주는 것도 없고 그렇다고 내 머리를 갑박이 내려누르는 아무것도 없는 듯하다마는 내막은 그렇지도 않다. 나는 도무지 자유스럽지 못하다. 다만 나는 없는 듯 있는 하루살이처럼 허공에 부유하는 한 점에 지나지 않는다. 이것이 하루살이처럼 경쾌하다면 마침 다행할 것인데 그렇지를 못하구나!

이 점의 대칭 위치에 또 하나 다른 밝음[明]의 초점이 도사리고 있는 듯 생각된다. 덥석 움키었으면 잡힐 듯도 하다마는 그것을 휘잡기에는 나 자신이 둔질鈍質이라는 것보다 오히려 내 마음에 아무런 준비도 배포치 못한 것이 아니냐. 그러고 보니 행복이란 별스런 손님을 불러들이기에도 또 다른 한 가닥 구실을 치르지 않으면 안 될까 보다.

이 밤이 나에게 있어 어릴 적처럼 한낱 공포의 장막인 것은 벌써 흘러간 전설이오. 따라서 이 밤이 향락의 도가니라는 이야기도 나의 염원에선 아직 소화시키지 못할 돌덩이다. 오로지 밤은 나의 도전의 호적好適이면 그만이다.

이것이 생생한 관념세계에만 머무른다면 애석한 일이다. 어둠 속에 깜박깜박 졸며 다닥다닥 나란히 한 초가들이 아름다운 시의 화사華詞가 될 수 있다는 것은 벌써 지나간 제너레이션의 이야기요, 오늘에 있어서는 다만 말 못하는 비극의 배경이다.

이제 닭이 홰를 치면서 맵짠 울음을 뽑아 밤을 쫓고 어둠을 짓내몰아 동켠으로 훤—ㄴ히 새벽이란 새로운 손님을 불러온다 하자. 하나 경망스럽게 그리 반가워할 것은 없다. 보아라 가령 새벽이 왔다 하더라도 이 마을은 그대로 암담하고 나도 그대로 암담하고 하여서 너나 나나 이 가랑지길에서 주저주저 아니치 못할 존재들이 아니냐.

나무가 있다.

그는 나의 오랜 이웃이요 벗이다. 그렇다고 그와 내가 성

격이나 환경이나 생활이 공통한 데 있어서가 아니다. 말하자면 극단과 극단 사이에도 애정이 관통할 수 있다는 기적적인 교분交分의 표본에 지나지 못할 것이다.

나는 처음 그를 퍽 불행한 존재로 가소롭게 여겼다. 그의 앞에 설 때 슬퍼지고 측은한 마음이 앞을 가리곤 하였다마는 돌이켜 생각건대 나무처럼 행복한 생물은 다시없을 듯하다. 굳음에는 이루 비길 데 없는 바위에도 그리 탐탁지는 못할망정 자양분이 있다 하거늘 어디로 간들 생의 뿌리를 박지 못하며 어디로 간들 생활의 불평이 있을쏘냐. 칙칙하면 솔솔 솔바람이 불어오고, 심심하면 새가 와서 노래를 부르다 가고, 촐촐하면 한 줄기 비가 오고, 밤이면 수많은 별들과 오순도순 이야기할 수 있고— 보다 나무는 행동의 방향이란 거추장스런 과제에 봉착하지 않고 인위적으로든 우연으로서든 탄생시켜준 자리를 지켜 무진무궁한 영양소를 흡취吸取하고 영롱한 햇빛을 받아들여 손쉽게 생활을 영위하고 오로지 하늘만 바라고 뻗어질 수 있는 것이 무엇보다 행복스럽지 않으냐.

이 밤도 과제를 풀지 못하여 안타까운 나의 마음에 나무의 마음이 점점 옮아오는 듯하고, 행동할 수 있는 자랑을

자랑치 못함에 뼈저리듯 하나 나의 젊은 선배의 웅변에
왈 선배도 믿지 못할 것이라니 그러면 영리한 나무에게
나의 방향을 물어야 할 것인가.

　어디로 가야 하느냐 동이 어디냐 서가 어디냐 남이 어디냐
아차! 저 별이 번쩍 흐른다. 별똥 떨어진 데가 내가 갈 곳인
가 보다. 하면 별똥아! 꼭 떨어져야 할 곳에 떨어져야 한다.

1948

화원에 꽃이 핀다

개나리, 진달래, 앉은뱅이, 라일락, 민들레, 찔레, 복사, 들장미, 해당화, 모란, 릴리, 창포, 튤립, 카네이션, 봉선화, 백일홍, 채송화, 달리아, 해바라기, 코스모스― 코스모스가 홀홀히 떨어지는 날 우주의 마지막은 아닙니다. 여기에 푸른 하늘이 높아지고 빨간 노란 단풍이 꽃에 못지않게 가지마다 물들었다가 귀뚜리 울음이 끊어짐과 함께 단풍의 세계가 무너지고 그 위에 하룻밤 사이에 소복이 흰 눈이 내려내려 쌓이고 화로에는 빨간 숯불이 피어오르고 많은 이야기와 많은 일이 이 화롯가에서 이루어집니다.

독자제현讀者諸賢! 여러분은 이 글이 쓰이는 때를 독특한 계절로 짐작해서는 아니됩니다. 아니, 봄, 여름, 가을, 겨울, 어느 철로나 상정想定하셔도 무방합니다. 사실 일년 내내 봄일 수는 없습니다. 하나 이 화원에는 사철 내 봄이 청춘들과 함께 싱싱하게 등대하여 있다고 하면 과분한 자기선전自己宣傳일까요. 하나의 꽃밭이 이루어지도록 손쉽게 되는 것이 아니라 고생과 노력이 있어야 하는 것입니다. 딴은 얼마의 단어를 모아 이 졸문拙文을 지적거리는데도 내 머리는 그렇게 명석한 것은 못 됩니다. 한 해 동안을 내 두뇌로서가 아니라 몸으로서 일일이 헤아려 세포 사이마다 간직해 두어서야 몇 줄의 글이 이루어집니다. 그리하여 나에게 있어 글을 쓴다는 것이 그리 즐거운 일일 수는 없습니다. 봄바람의 고민에 짜들고 녹음緣陰의 권태에 시들고, 가을 하늘 감상에 울고, 노변爐邊의 사색에 졸다가 이 몇 줄의 글과 나의 화원과 함께 나의 일 년은 이루어집니다.

시간을 먹는다는(이 말의 의의와 이 말의 묘미는 칠판 앞에서 보신 분과 칠판 밑에 앉아 보신 분은 누구나 아실 것입니다) 것은 확실히 즐거운 일임이 틀림없습니다. 하루를 휴강한다는 것보다(하긴 슬그머니 까먹어버리면 그만이지만) 다못 한 시간, 숙제를 못해 왔다든가 따분하고 졸리고 한때, 한시간의 휴강은 진실로 살로 가는 것이어서, 만일 교수가 불편하여서 못 나오셨다고 하더라도 미처 우리들의 예의를 갖출 사이가 없는 것입니다. 그러나 이것을 우리들의 망발과 시간의 낭비라고 속단하셔선 아니됩니다. 여기에 화원이 있습니다. 한 포기 푸른 풀과 한 떨기의 붉은 꽃과 함께 웃음이 있습니다. 노—트장을 적시는 것보다 한우충동汗牛充棟에 묻혀 글줄과 씨름하는 것보다 더 정확한 진리를 탐구할 수 있을는지, 보다 더 많은 지식을 획득할 수 있을는지, 보다 더 효과적인 성과가 있을지를 누가 부인하겠습니까.

나는 이 귀한 시간을 슬그머니 동무들을 떠나서 단 혼자 화원을 거닐 수 있습니다. 단 혼자 꽃들과 풀들과 이야기할 수 있다는 것이 얼마나 다행한 일이겠습니까. 참말 나는 온정으로 이들을 대할 수 있고 그들은 나를 웃음으로 맞아줍니다. 그 웃음을 눈물로 대한다는 것은 나의 감상일까요. 고독, 정적도 확실히 아름다운 것임에 틀림이 없으나, 여기에 또 서로 마음을 주는 동무가 있는 것도 다행한 일이 아닐 수 없습니다. 우리 화원 속에 모인 동무들 중에, 집에 학비를 청구하는 편지를 쓰는 날 저녁이면 생각하고 생각하던 끝 겨우 몇 줄 써 보낸다는 A군, 기뻐해야 할 서류(통칭 월급봉투)를 받아든 손이 떨린다는 B군, 사랑을 위하여서는 밥맛을 잃고 잠을 잊어버린다는 C군, 사상적思想的 당착撞着에 자살을 기약한다는 D군…… 나는 이 여러 동무들의 갸륵한 심정을 내 것인 것처럼 이해할 수 있습니다. 서로 너그러운 마음으로 대할 수 있습니다.

나는 세계관, 인생관, 이런 좀 더 큰 문제보다 바람과 구름과 햇빛과 나무와 우정, 이런 것들에 더 많이 괴로워해

왔는지도 모르겠습니다. 단지 이 말이 나의 역설이나, 나 자신을 흐리우는 데 지날 뿐일까요. 일반은 현대 학생 도덕이 부패했다고 말합니다. 스승을 섬길 줄을 모른다고들 합니다. 옳은 말씀들입니다. 부끄러울 따름입니다. 하나 이 결함을 괴로워하는 우리들 어깨에 지워 광야로 내쫓아 버려야 하나요. 우리들의 아픈 데를 알아주는 스승, 우리들의 생채기를 어루만져주는 따뜻한 세계가 있다면 박탈된 도덕일지언정 기울여 스승을 진심으로 존경하겠습니다. 온정의 거리에서 원수를 만나면 손목을 붙잡고 목놓아 울겠습니다.

세상은 해를 거듭 포성砲聲에 떠들썩하건만 극히 조용한 가운데 우리들 동산에서 서로 융합할 수 있고 이해할 수 있고 종전의 ×가 있는 것은 시세時勢의 역효과일까요.

봄이 가고, 여름이 가고, 가을, 코스모스가 홀홀히 떨어지는 날 우주의 마지막은 아닙니다. 단풍의 세계가 있고—이상이견빙지履霜而堅氷至—서리를 밟거든 일음이 굳어질 것을 각오하라가 아니라, 우리는 서릿발에 끼친 낙엽을 밟으면서 멀리 봄이 올 것을 믿습니다.

노변爐邊에서 많은 일이 이뤄질 것입니다.

1948

종시終始

종점이 시점이 된다. 다시 시점이 종점이 된다.

아침저녁으로 이 자국을 밟게 되는데 이 자국을 밟게 된 연유가 있다. 일찍이 서산대사가 살았을 듯한 우거진 송림 속, 게다가 덩그러니 살림집은 외따로 한 채뿐이었으나 식구로는 굉장한 것이어서 한 지붕 밑에서 팔도 사투리를 죄다 들을 만큼 모아놓은 미끈한 장정들만이 욱실욱실하였다. 이곳에 법령은 없었으나 여인 금납구禁納區였다. 만일 강심장의 여인이 있어 불의의 침입이 있다면 우리들의 호기심을 적이 자아내었고 방마다 새로운 화제가 생기곤 하였다. 이렇듯 수도생활修道生活에 나는 소라 속처럼 안도하였던 것이다.

사건이란 언제나 큰 데서 동기가 되는 것보다 오히려 작은 데서 더 많이 발작하는 것이다.

눈 온 날이었다. 동숙同宿하는 친구의 친구가 한 시간 남짓한 문門 안 들어가는 차 시간까지를 낭비하기 위하여 나의 친구를 찾아 들어와서 하는 대화였다.

"자네 여보게 이집 귀신이 되려나?"
"조용한 게 공부하기 작히나 좋잖은가."

"그래 책장이나 뒤적뒤적하면 공분 줄 아나, 전차간에서 내다볼 수 있는 광경, 정거장에서 맛볼 수 있는 광경, 다시 기차 속에서 대할 수 있는 모든 일들이 생활 아닌 것이 없거든 생활 때문에 싸우는 이 분위기에 잠겨서, 보고, 생각하고, 분석하고, 이거야말로 진정한 의미의 교육이 아니겠는가 여보게! 자네 책장만 뒤지고 인생이 어떠하니 사회가 어떠하니 하는 것은 16세기에서나 찾아볼 일일세, 단연 문 안으로 나오도록 마음을 돌리게."

나한테 하는 권고는 아니었으나 이 말에 귀 틈이 뚫려 상푸등* 그러리라고 생각하였다. 비단 여기만이 아니라 인간을 떠나서 도를 닦는 것이 한낱 오락이요, 오락이매 생활이 될 수 없고 생활이 없으매 이 또한 죽은 공부가 아니랴. 공부도 생활화하여야 되리라 생각하고 불일내에 문 안으로 들어가기를 내심으로 단정해 버렸다. 그 뒤 매일같이 이 자국을 밟게 된 것이다.

나만 일찍이 아침거리의 새로운 감촉을 맛볼 줄만 알았

* 상푸등 : 과연, 모르면 몰라도, 생각한 대로, 필시

더니 벌써 많은 사람들의 발자국에 포도鋪道는 어수선할
대로 어수선했고 정류장에 머물 때마다 이 많은 무리를
죄다 꾸역꾸역 자꾸 박아 싣는데 늙은이 젊은이 아이 할
것 없이 손에 꾸러미를 안 든 사람은 없다. 이것이 그들 생
활의 꾸러미요, 동시에 권태의 꾸러민지도 모르겠다.

　이 꾸러미를 든 사람들의 얼굴을 하나하나씩 뜯어보기
로 한다. 늙은이 얼굴이란 너무 오래 세파에 짜들어서 문
제도 안 되겠거니와 그 젊은이들 낯짝이란 도무지 말씀이
아니다. 열이면 열이 다 우수憂愁 그것이요, 백이면 백이
다 비참 그것이다. 이들에게 웃음이란 가뭄에 콩싹이다.
필경 귀여우리라는 아이들의 얼굴을 보는 수밖에 없는데
아이들의 얼굴이란 너무나 창백하다. 혹 숙제를 못해서
선생한테 꾸지람 들을 것이 걱정인지 풀이 죽어 쭈그러뜨
린 것이 활기란 도무지 찾아볼 수 없다. 내 상도 필연코 그
꼴일 텐데 내 눈으로 그 꼴을 보지 못하는 것이 다행이다.
만일 다른 사람의 얼굴을 보듯 그렇게 자주 내 얼굴을 대
한다고 할 것 같으면 벌써 요사夭死하였을는지도 모른다.

　나는 내 눈을 의심하기로 하고 단념하자!

　차라리 성벽 위에 펼친 하늘을 쳐다보는 편이 더 통쾌하

다. 눈은 하늘과 성벽 경계선을 따라 자꾸 달리는 것인데 이 성벽이란 현대로서 캄푸라치*한 옛 금성禁城이다. 이 안에서 어떤 일이 이루어졌으며 어떤 일이 행하여지고 있는지 성 밖에서 살아왔고 살고 있는 우리들에게는 알 바가 없다. 이제 다만 한 가닥 희망은 이 성벽이 끊어지는 곳이다.

기대는 언제나 크게 가질 것이 못 되어서 성벽이 끊어지는 곳에 총독부, 도청, 무슨 참고관, 체신국遞信局, 신문사, 소방조消防組, 무슨 주식회사, 부청府廳, 양복점, 고물상 등 나란히 하고 연달아 오다가 아이스케이크 간판에 눈이 잠깐 머무는데 이놈을 눈 내린 겨울에 빈 집을 지키는 꼴이라든가 제 신분에 맞지 않는 가게를 지키는 꼴을 살짝 필름에 올려 본달 것 같으면 한 폭의 고등高等 풍자만화가 될 터인데 하고 나는 눈을 감고 생각하기로 한다. 사실 요즈음 아이스케이크 간판 신세를 면치 아니치 못할 자 얼마나 되랴. 아이스케이크 간판은 정열에 불타는 염서炎署

* 캄푸라치 : 불리하거나 부끄러운 것을 드러나지 않도록 의도적으로 꾸미는 일, 즉 위장의 의미인 '카무플라주 camouflage'의 일본식 발음

가 진정코 아쉽다.

눈을 감고 한참 생각하노라면 한 가지 거리끼는 것이 있는데 이것은 도덕률이란 거추장스러운 의무감이다. 젊은 녀석이 눈을 딱 감고 버티고 앉아 있다고 손가락질하는 것 같아야 번쩍 눈을 떠본다. 하나 가까이 자선慈善할 대상이 없음에 자리를 잃지 않겠다는 심정보다 오히려 아니꼽게 본 사람이 없으리란 데 안심이 된다.

이것은 과단성果斷性 있는 동무의 주장이지만 전차에서 만난 사람은 원수요, 기차에서 만난 사람은 지기知己라는 것이다. 딴은 그러리라고 얼마큼 수긍하였다. 한자리에서 몸을 비비적거리면서도 "오늘은 좋은 날씨올시다.""어디서 내리시나요?"쯤의 인사는 주고받을 법한데 일언반구 없이 뚱—한 꼴들이 작히나 큰 원수를 맺고 지나는 사이들 같다. 만일 상냥한 사람이 있어 요만쯤의 예의를 밟는다고 할 것 같으면 전차 속의 사람들은 이를 정신이상자로 대접할 게다. 그러나 기차에서는 그렇지 않다. 명함을 서로 바꾸고 고향 이야기, 행방行方 이야기를 거리낌 없이 주고받고 심지어 남의 여로旅路를 자기의 여로인 것처럼 걱정하고, 이 얼마나 다정한 인생행로냐?

이러는 사이에 남대문을 지나쳤다. 누가 있어 "자네 매일같이 남대문을 두 번씩 지날 터인데 그래 늘 보곤 하는가"라는 어리석은 듯한 멘탈테스트를 낸다면 나는 아연해지지 않을 수 없다. 가만히 기억을 더듬어 본달 것 같으면 늘이 아니라 이 자국을 밟은 이래 그 모습을 한 번이라도 쳐다본 적이 있었던 것 같지 않다. 하기는 나의 생활에 긴한 일이 아니매 당연한 일일 게다. 하나 여기에 하나의 교훈이 있다. 횟수가 너무 잦으면 모든 것이 피상적이 되어 버리나니라.

이것과는 관련이 먼 이야기 같으나 무료한 시간을 까기 위하여 한 마디 하면서 지나가자.

시골서는 내로라하는 양반이었던 모양인데 처음 서울 구경을 하고 돌아가서 며칠 동안 배운 서울 말씨를 섣불리 써가며 서울 거리를 손으로 형용하고 말로써 떠벌려 옮겨놓더라는데, 정거장에 턱 내리니 앞에 고색이 창연한 남대문이 반기는 듯 가로막혀 있고, 총독부 집이 크고 창경원에 백가지 금수禽獸가 봄직하고, 덕수궁의 옛 궁전이 회포를 자아냈고, 화신* 승강기는 머리가 휭—했고, 본정本町엔 전등이 낮처럼 밝은데 사람이 물 밀리듯 밀리고, 전차란 놈이 윙윙 소리를 지르며 지르며 연달아 달리고— 서울이 자기 하나를 위하여 이루어진 것처럼 우쭐했는데 이것쯤은 있을 듯한 일이다. 한데 게도 방정꾸러기가 있어

"남대문이란 현판懸板이 참 명필이지요."

하고 물으니 대답이 걸작이다.

"암 명필이고말고. 남자 대자 문자 하나하나가 살아서 막 꿈틀거리는 것 같데."

어느 모로나 서울자랑 하려는 이 양반으로서는 가당可當한 대답일 게다. 이분에게 아현동 고개 막바지에, —아니 치벽한 데 말고,— 가까이 종로 뒷골목에 무엇이 있던가를 물었다면 얼마나 당황해했으랴.

나는 종점을 시점으로 바꾼다.

내가 내린 곳이 나의 종점이오. 내가 타는 곳이 나의 시

* 화신 : 1931년에 서울 종로구에 설립된 우리나라 최초의 근대식 백화점

점이 되는 까닭이다. 이 짧은 순간 많은 사람들 속에 나를 묻는 것인데 나는 이네들에게 너무나 피상적이 된다. 나의 휴머니티를 이네들에게 발휘해 낸다는 재주가 없다. 이네들의 기쁨과 슬픔과 아픈 데를 나로서는 측량한다는 수가 없는 까닭이다. 너무 막연하다. 사람이란 횟수가 잦은 데와 양이 많은 데는 너무나 쉽게 피상적이 되나 보다. 그럴수록 자기 하나 간수하기에 분주하나 보다.

시그널을 밟고 기차는 왱— 떠난다. 고향으로 향한 차도 아니건만 공연히 가슴은 설렌다. 우리 기차는 느릿느릿 가다 숨차면 가정거장假停車場에서도 선다. 매일같이 웬 여자들인지 주룽주룽 서 있다. 저마다 꾸러미를 안았는데 예의 그 꾸러민 듯싶다. 다들 방년芳年된 아가씨들인데 몸매로 보아하니 공장으로 가는 직공들은 아닌 모양이다. 얌전히들 서서 기차를 기다리는 모양이다. 판단을 기다리는 모양이다. 하나 경망스럽게 유리창을 통하여 미인 판단을 내려서는 안 된다. 피상적 법칙이 여기에도 적용될지 모른다. 투명한 듯하나 믿지 못할 것이 유리다. 얼굴을 찌개논 듯이 한다든가 이마를 좁다랗게 한다든가 코를 말코로 만든다든가 턱을 조개턱으로 만든다든가 하는 악희惡

戲를 유리창이 때때로 감행하는 까닭이다. 판단을 내리는 자에게는 별반 이해관계가 없다손 치더라도 판단을 받는 당자當者에게 오려던 행운이 도망갈는지를 누가 보장할쏘냐. 여하간 아무리 투명한 꺼풀일지라도 깨끗이 벗겨버리는 것이 마땅할 것이다.

이윽고 터널이 입을 벌리고 기다리는데 거리 한가운데 지하철도도 아닌 터널이 있다는 것이 얼마나 슬픈 일이냐. 이 터널이란 인류 역사의 암흑시대요 인생행로의 고민상苦悶相이다. 공연히 바퀴 소리만 요란하다. 구역날 악질의 연기가 스며든다. 하나 미구未久에 우리에게 광명의 천지가 있다.

터널을 벗어났을 때 요즈음 복선공사複線工事에 분주한 노동자들을 볼 수 있다. 아침 첫차에 나갔을 때에도 일하고 저녁 늦차에 들어올 때에도 그네들은 그대로 일하는데 언제 시작하여 언제 그치는지 나로서는 헤아릴 수 없다. 이네들이야말로 건설의 사도들이다. 땀과 피를 아끼지 않는다.

그 육중한 도락구*를 밀면서도 마음만은 요원遙遠한데 있어 도락구 판장에다 서투른 글씨로 신경행新京行이니 북경행北京行이니 남경행南京行이니 라고 써서 타고 다니는 것이 아니라 밀고 다닌다. 그네들의 마음을 엿볼 수 있다. 그것이 고력苦力에 위안이 안 된다고 누가 주장하랴.

　이제 나는 곧 종시를 바꿔야 한다. 하나 내 차에도 신경행, 북경행, 남경행을 달고 싶다. 세계일주행이라고 달고 싶다. 아니 그보다도 진정한 내 고향이 있다면 고향행을 달겠다. 도착하여야 할 시대의 정거장이 있다면 더 좋다.

1941

* 도락구 : 일본어로 '트럭'을 일컬음

동주는 별로 말주변도 사귐성도 없었건만 그의 방에는 언제나 친구들이 가득 차 있었다. 아무리 바쁜 일이 있더라도 "동주 있나"하고 찾으면 하던 일을 내던지고 빙그레 웃으며 반갑게 마주 앉아주는 것이었다.

"동주 좀 걸어보자구" 이렇게 산책을 청하면 싫다는 적이 없었다. 겨울이든 여름이든 밤이든 새벽이든 산이든 들이든 강가든 아무 때 아무 데를 끌어도 선뜻 따라나서는 것이었다. 그는 말이 없이 묵묵히 걸었고, 항상 그의 얼굴은 침울하였다. 가끔 그러다가 외마디 비통한 고함을 잘 질렀다.

"아—" 하고 나오는 외마디 소리! 그것은 언제나 친구들의 마음에 알지 못할 울분을 주었다.

"동주 돈 좀 있나" 옹색한 친구들은 곧잘 그의 넉넉지 못한 주머니를 노리었다. 그는 있고서 안 주는 법이 없었고 없으면 대신 외투든 시계든 내주고야 마음을 놓았다. 그래서 그의 외투나 시계는 친구들의 손을 거쳐서 전당포

나들이를 부지런히 하였다.

이런 동주도 친구들에게 굳이 거부하는 일이 두 가지 있었다. 하나는 "동주 자네 시 여기를 좀 고치면 어떤가" 하는데 대하여 그는 응하여 주는 때가 없었다. 조용히 열흘이고 한 달이고 두 달이고, 곰곰이 생각하여서 한 편 시詩를 탄생시킨다. 그때까지는 누구에게도 그 시를 보여주지 않는다. 이미 보여주는 때는 흠이 없는 하나의 옥玉이다. 지나치게 그는 겸허온순하였건만, 자기의 시만은 양보하지 않았다.

또 하나 그는 한 여성을 사랑하였다. 그러나 이 사랑을 그 여성에게도 친구들에게도 끝내 고백하지 않았다. 그 여성도 모르고 친구들도 모르는 사랑을, 회답도 없고 돌아오지도 않는 사랑을 제 홀로 간직한 채 고민도 하면서 희망도 하면서…… 쑥스럽다 할까 어리석다 할까? 그러나 이제와 고쳐 생각하니 이것은 하나의 여성에 대한 사랑이 아니라 이루어지지 않을 '또 다른 고향'에 대한 꿈이 아니었던가. 어쨌던 친구들에게 이것만은 힘써 감추었다.

그는 간도에서 나고 일본 복강에서 죽었다. 이역異域에서 나고 갔건만 무던히 조국을 사랑하고 우리말을 좋아하더니—그는 나의 친구도 하려니와 그의 아잇적 동무 송몽규와 함께 '독립운동'의 죄명으로 2년 형을 받아 감옥에 들어간 채 마침내 모진 악형에 쓰러지고 말았다. 그것은

몽규와 동주가 연전을 마치고 경도에 가서 대학생 노릇하던 중도의 일이었다.

"무슨 뜻인지 모르나 마지막 외마디 소리를 지르고 운명했지요. 짐작컨대 그 소리가 '조선독립만세'를 부르는 듯 느껴지더군요."

이 말은 동주의 최후를 감시하던 일본인 간수가 그의 시체를 찾으러 복강 갔던 그 유족에게 전하여 준 말이다. 그 비통한 외마디 소리! 일본 간수야 그 뜻을 알리야만 저도 그 소리에 느낀 바 있었나 보다. 동주, 감옥에서 외마디 소리로서 아주 가버리니 그 나이 스물아홉, 바로 해방되던 해다. 몽규도 그 며칠 뒤 따라 옥사獄死하니 그도 재사才士였느니라. 그들의 유골은 지금 간도에서 길이 잠들었고 이제 그 친구들의 손을 빌려 동주의 시는 한 책이 되어 길이 세상에 전하여지려 한다.

불러도 대답 없을 동주 몽규였건만 헛되나마 다시 부르고 싶은 동주! 몽규!

강처중

 작품 해설

1. 작가의 생애

  윤동주(1917~1945)는 1917년 북간도 명동촌에서 아버지 윤영석, 어머니 김용 사이에서 장남으로 태어났다. 1925년 명동 소학교에 입학하여 고종사촌이자 급우인 송몽규와 함께 동요, 동시 등이 수록된 《새명동》이라는 문예지를 발간한다. 1931년 중국인 소학교를 잠시 다니다가 1932년 용정의 은진중학교에 입학한다. 1935년 숭실중학교로 전학하였는데 신사참배를 거부하기 위해 자퇴를 하고 다시 용정의 광명학원 중학부로 전학하여 학업을 마친다. 1938년 4월 고종사촌 송몽규와 서울 연희전문학교 문과에 입학한다. 1939년 조선일보에 산문 〈달을 쏘다〉, 시 〈유언〉, 〈아우의 인상화〉를 윤동주尹東柱와 윤주尹柱란 이름으로 발표한다. 《소년》 3월호에 동시 〈산울림〉을 윤동주尹童舟란 이름으로 발표한다. 1940년 릴케, 발레리, 지드의 작품에 관심을 갖고 탐독하였으며, 같은 학교에 입학한 정병욱(1922~1982)을 알게 되어 교우 관계를 맺는다. 훗날 발간된 유고 시집 《하늘과 바람과 별과 詩》는 정병욱이 소장하고 있던 원고이다. 1941년 19편의 습작시를 엮어 졸업 기념으로 자선 시집 《하늘과 바람과 별과 詩》를 출간하려 했으나 뜻을 이루지 못한다. 1942년에는 일본 동경 릿쿄 대학 영문과에 입학한다. 1943년 독립운동 혐의로 송몽규와 함께 체포되어 1944년 치안유지법 위반으로 징역 2년 형을 선고받아 송몽규와 함께 후쿠오카 형무소에 투옥된다. 1945년 2월 16일, 결국 해방의 빛을 보지 못하고 형무소에서 옥사하여 고향 용정에 안장된다. 1947년에 유작 〈쉽게 씌어진 시〉가 발표되고 1948년에 동생 윤일주가 작품을 선별하여 시집 《하늘과 바람과 별과 詩》가 간행된다.

2. 작품 살펴보기

윤동주가 살았던 시대는 우리나라가 일본의 지배를 받던 암울한 시기였고 신문이나 서적 등 출판물에 대한 검열이 강화된 시기였기에 문학사적인 측면에서도 문인들이 제대로 된 글을 쓸 수 없었던 침체기이자 암흑기였다. 그 시대에 문인들이 할 수 있었던 일은, 비극적 현실을 개탄하며 절필을 하거나 식민지 지배에 대한 괴로움과 저항심을 제한적으로 표출하는 것 그리고 일본의 비위를 맞추며 일제를 찬양하는 글을 쓰는 것뿐이었다. 윤동주는 두 번째의 길을 선택했다.

윤동주를 대표하는 시이자 그의 사상이 집약된 '서시序詩'를 필두로, 한국인이 가장 사랑하고 지금까지도 널리 읽히는 윤동주 시인의 주요 작품들을 살펴보도록 하겠다.

| 서시序詩 |

죽는 날까지 하늘을 우러러 / 한 점 부끄럼이 없기를,
잎새에 이는 바람에도 / 나는 괴로워했다.
별을 노래하는 마음으로 / 모든 죽어가는 것을 사랑해
야지

그리고 나한테 주어진 길을 / 걸어가야겠다. //

오늘 밤에도 별이 바람에 스치운다.

앞서 말했듯 이 작품은 윤동주의 사상이 집약된 시라고 할 수 있다. '하늘을 우러러 한 점 부끄럼이 없는' 삶을 지향했던 그의 청렴하고 곧은 성품이 여실히 드러난 작품이다. 시인은 일제 강점기라는 '바람' 앞에서 괴로워하면서도 희망을 잃지 않으며 '별'을 노래하였다. 이 작품은 '별'이 '바람'에 스치우는 현실은 힘겹지만, 아무리 힘들고 괴로워도 문인으로서의 소명을 다하고, 나라를 잃은 망국인의 설움을 극복하기 위해 '주어진 길'을 꿋꿋하게 걸어가려는 의지를 보여주고 있다.

1) 자아성찰 ― 고뇌하는 지식인의 모습

| 자화상 |

산모퉁이를 돌아 논가 외딴 우물을 홀로 찾아가선 가만히 들여다봅니다. (1연)

그리고 한 사나이가 있습니다. / 어쩐지 그 사나이가 미워져 돌아갑니다. (3연)

돌아가다 생각하니 그 사나이가 가엾어집니다. (4연)

이 작품에서 '우물'은 '거울'과 비슷한 의미로 사용되었는데, 이상李箱(1910~1937, 시인이자 소설가)의 작품을 비롯한 문학작품 속에서의 '거울'은 자신의 내면을 들여다볼 수 있는 자아성찰의 도구로 사용된다. 우물 속에 비친 사나이는 시인 자신의 모습이며, 시인은 그런 자신을 들여다보며 암울한 시대에 무기력한 지식인이었던 자신을 책망하며 미워하는 모습을 보인다. 하지만 그런 자신에게 이내 연민을 느낀다. 일제 강점기라는 혹독한 현실에 발이 묶여 방황하는 지식인들의 안타까운 모습을 대변해 주는 작품이라고 볼 수 있다.

| 바람이 불어 |

바람이 부는데 / 내 괴로움에는 이유가 없다. (2연)
내 괴로움에는 이유가 없을까, (3연)
단 한 여자를 사랑한 일도 없다. / 시대를 슬퍼한 일도 없다. (4연)

시인은 '내 괴로움에는 이유가 없다'고 말한 자신의 말에 반문하며 '단 한 여자를 사랑한 일도, 시대를 슬퍼한 일도 없기에' 느낄 수밖에 없는 괴로움을 드러내고 있다. 앞서 살펴본 〈서시〉에서의 '바람'과 마찬가지로, '바람'으로 상징되는 일제 치하 어두운 시대를 살아가는 무기력한 지식인으로서의 고뇌가 담긴 작품이다.

| 별 헤는 밤 |

별 하나에 추억과 / 별 하나에 사랑과 / 별 하나에 쓸쓸함과 / 별 하나에 동경과 / 별 하나에 시와 / 별 하나에 어머니, 어머니, (4연)

딴은 밤을 새워 우는 벌레는 / 부끄러운 이름을 슬퍼하는 까닭입니다. (9연)

그러나 겨울이 지나고 나의 별에도 봄이 오면 / 무덤 위에 파란 잔디가 피어나듯이 / 내 이름자 묻힌 언덕 위에도 / 자랑처럼 풀이 무성할 게외다. (10연)

이 작품에서 '별'은 고향에 계신 어머니, 친구들을 나타내는 그리움의 대상이다. 시인은 별을 바라보며 멀리 있는 사람들을 그리워하지만, 어두운 현실을 바꿀 수 없는 '나'는 그저 부끄럽기만 할 뿐이다. 그러나 시인은 절망하지 않고 언젠가는 이 어두운 '겨울(일제 강점기)'이 가고 희망찬 '봄(조국의 광복)'이 올 것임을 믿고 있다.

| 참회록 |

내일이나 모레나 그 어느 즐거운 날에 / 나는 또 한 줄의 참회록을 써야 한다. (3연)

밤이면 밤마다 나의 거울을 / 손바닥으로 발바닥으로 닦아보자. (4연)

그러면 어느 운석 밑으로 홀로 걸어가는 / 슬픈 사람의 뒷모양이 / 거울 속에 나타나 온다. (5연)

앞서 살펴본 〈자화상〉에서의 '우물'처럼, 이 작품에서의 '거울'은 자아성찰의 도구이다. 시인은 현실 속에서 고뇌하며 그 무엇도 크게 바꿀 수 없는 자신을 책망하며 참회의 글을 쓴다. 밤마다 '거울을 닦으며(자아성찰을 위한 행위)' 자신을 뒤돌아보면 '운석(빛, 희망)' 밑으로 홀로 걸어가는 슬픈 자신의 모습을 보게 된다. 자아성찰을 통해 현실의 한계를 인식하며 그럼에도 불구하고 희망을 잃지 않으려는 의지가 드러난 작품이다.

2) 분열된 자아 ─ '나'와 '또 다른 나'의 대립

| 무서운 시간 |

거 나를 부르는 것이 누구요, (1연)

한 번도 손들어 보지 못한 나를 / 손들어 표할 하늘도 없는 나를 (3연)

어디에 내 한 몸 둘 하늘이 있어 / 나를 부르는 것이오. (4연)

나를 부르지 마오. (6연)

이 작품 속의 '나'는 자아의 분열과 대립이 극대화되어 있다. 화자는 '나'를 부르는 또 다른 목소리에 불쾌함을 느끼며 강경하게 외면하려 하지만 그러지 못하고 예민하게 반응한다. 마지막 연에서도 '나를 부르지 마오'라고 엄포를 놓지만 화자는 이미 부름의 소리를 인식하며 응답하고 있다. 힘겨운 현실을 애써 외면하고 싶지만 그럴수록 화자가 더욱더 현실을 깊고 예리하게 인식하고 있다는 사실을 드러낼 뿐이다. 윤동주는 이 작품을 시작으로 〈십자가〉, 〈바람이 불어〉, 〈또 다른 고향〉, 〈참회록〉, 〈쉽게 씌어진 시〉 등 현실을 날카롭게 인식한 작품들을 썼다.

| 또 다른 고향 |

고향에 돌아온 날 밤에 / 내 백골이 따라와 한 방에 누웠다. (1연)

어둠 속에 곱게 풍화작용하는 / 백골을 들여다보며 / 눈물짓는 것이 내가 우는 것이냐 / 백골이 우는 것이냐 / 아름다운 혼이 우는 것이냐 (3연)

가자 가자 / 쫓기우는 사람처럼 가자 / 백골 몰래 / 아름다운 또 다른 고향에 가자. (6연)

이 작품은 육신을 상징하는 현실적 자아인 '백골'과 정신적 자아인 '나'가 대립하고 있다. '백골'은 어두운 현실 속 고향에 살고 있지만 '나'가 바라는 고향은 '아름다운 고향'이다. 시인은 '백골'과 '나'라는 분열된 자아의 대립을 통해 슬픈 현실을 인식하며 눈물짓지만, 희망을 잃지 않고 암울한 현실에서 벗어나 밝은 미래가 도래하기를 염원하고 있다.

| 쉽게 씌어진 시 |

인생은 살기 어렵다는데 / 시가 이렇게 쉽게 쓰여지는 것은 / 부끄러운 일이다. (7연)

등불을 밝혀 어둠을 조금 내몰고, / 시대처럼 올 아침을 기다리는 최후의 나, (9연)

나는 나에게 작은 손을 내밀어 / 눈물과 위안으로 잡는 최초의 악수. (10연)

시인은 암울한 시대 상황에서 지식인으로서의 한계를 느끼며 부끄러움을 느끼고 있다. 문인으로서 시인이 할 수 있었던 것은 글이라는 수단으로 '등불을 밝혀 어둠을 조금 내모는 일'뿐이다. 마지막 연에서는 슬픈 현실 속 자아와 이상을 꿈꾸는 자아가 대립하다가 마침내 화해를 하는 모습을 보인다. 어두운 현실을 인식하되 희망을 버리지 않는 시인의 의지가 드러난 작품이다.

3) 자기희생적 의지 — 극한의 고통을 통해 얻는 깨달음

| 십자가 |

괴로웠던 사나이 / 행복한 예수 그리스도에게처럼 / 십자가가 허락된다면 (4연)

모가지를 드리우고 / 꽃처럼 피어나는 피를 / 어두워 가는 하늘 밑에 / 조용히 흘리겠습니다. (5연)

기독교 신자였던 윤동주는 이 시를 통해, 고통을 감내하면서 행복했던 예수 그리스도처럼 자신에게도 '십자가(순교적, 희생적 의지)'가 허락된다면 암울한 현실의 무게를 짊어지고 극복해 나가겠다는 자기희생적인 숭고한 의지를 보여주고 있다.

| 간肝 |

바닷가 햇빛 바른 바위 위에 / 습한 간을 펴서 말리우자. (1연)

코카서스 산중에서 도망해 온 토끼처럼 / 둘러리를 빙빙 돌며 간을 지키자, (2연)

내가 오래 기르던 여윈 독수리야! / 와서 뜯어먹어라, 시

름없이 (3연)

　프로메테우스, 불쌍한 프로메테우스 / 불 도적한 죄로
목에 맷돌을 달고 / 끝없이 침전하는 프로메테우스, (6연)

　그리스의 프로메테우스 신화와 한국의 구토지설 설화를
모티프로 한 작품이다. 이 작품에서 '간'은 '생명'을 상징
하는데, '간을 지키려는' 의지와 '뜯어먹히려는' 시인의
의지가 대립하고 있다. 간을 뜯어먹으려는 '독수리'는
'나'의 또 다른 분신으로 볼 수 있다. 화자는 '간(생명)'을
내어주는 자기희생적인 모습을 통해 극한 고통 속에서 어
떤 깨달음을 얻고자 하는 염원을 드러내고 있다.

3. 마치며

이상으로 윤동주의 주요 작품들을 살펴보았다. 시대 인식을 중심으로 윤동주 시의 전개 과정을 크게 4단계로 나누기도 하는데 1) 초기 시(1934~1936년) 2) 동시(1936년 후반) 3) 습작기(1937~1940년) 4) 하늘과 바람과 별과 시(1941~1942년)가 그것이다.[1]

시인은 습작 초기에는 깊이 있는 현실 인식을 하지 못하고 다만 지식인으로서의 한계를 느끼며 소극적인 모습을 드러낸다. 그리고 암울한 현실과 상반된, 아름답고 서정적인 동시를 다수 창작했던 1936년 후반은, 시인이 현실을 외면한 시기였다기보다는 문인으로서, 나라를 잃은 설움에 괴로워하는 망국인의 한 사람으로서 세상을 살아가는 또 다른 방식이 아니었나 싶다. 이 책에 수록된 작품들을 통해 시작詩作 후반기로 갈수록 현실에 대한 시인의 인식이 더욱 예리해지고 깊어지는 모습을 볼 수 있다.

앞서 살펴본 주요 작품들 외에도 〈병아리〉, 〈바다〉, 〈참새〉, 〈비둘기〉, 〈나무〉 등 생동하는 자연물을 소재로 한 시

---

1) 김흥규 교수, 〈윤동주 론〉, 《창작과 비평》, 가을호, 1974. 권오만, 《윤동주 시 깊이 읽기》, p.63, 소명출판(2009), 재인용.

와, 고향에 대한 그리움을 드러낸 〈고향집〉, 유년 시절 누이와의 추억과 그리움을 담은 〈빗자루〉, 〈편지〉, 어머니, 아버지, 동생에 대한 그리움을 나타낸 〈오줌싸개 지도〉, 산문 〈투르게네프의 언덕〉, 〈달을 쏘다〉 등의 다양한 작품들이 다수 수록되어 있으니 윤동주를 사랑하는 독자라면 놓치지 않길 바란다.

작가 연보

1917년(1세)

12월 30일 만주 간도성 화룡현 명동촌에서 아버지 윤영석尹永錫(1895~1965?)과 어머니 김용金龍(1891~1948)의 맏아들로 태어나다. 아명은 해환海煥. 당시 조부 윤하현은 개척에 의한 소지주로서 기독교 장로였고, 부친은 명동학교 교원이었다.

1923년(7세)

부친 윤영석은 관동대지진 때 동경에 유학 중이었고, 12월에 누이동생 윤혜원이 태어나다.

1925년(9세)

명동소학교에 입학하다. 같은 학년에 고종사촌 송몽규, 당숙 윤영선(의사), 외사촌 김정우(시인), 문익환(목사, 시인) 등이 있었다.

1927년(11세)

12월에 동생 윤일주가 태어나다.

1929년(13세)

명동소학교 5학년 때 급우들과 함께 《새명동》이란 잡지를 등사판으로 인쇄하여 제작하다. 그림에도 소질을 보이다. 외삼촌 김약연이 목사 안수를 받다.

1931년(15세)

명동소학교를 졸업하고 송몽규, 김정우와 함께 명동에서 조금 떨어진 중국인 소학교 화룡현립 제일소학교 고등과에 편입하여 1년간 공부하다.

1932년(16세)

용정의 기독교계 학교 은진중학교에 송몽규, 문익환과 함께 입학하다. 명동의 농토와 집을 소작인에게 맡기고 가족 모두 용정으로 이사하다. 은진중학교 재학 시절, 급우들과 교내 문예지를 만들고, 축구 선수로도 활동하며, 교내 웅변대회에서 〈땀 한 방울〉이라는 제목으로 1등을 하다. 아버지는 인쇄소를 시작했으나 사업이 여의치 않았다.

1933년(17세)

동생 윤광주가 태어나다.

1934년(18세)

〈삶과 죽음〉, 〈초 한 대〉, 〈내일은 없다〉 등 세 편의 시를 쓰다. 이는 오늘날 우리가 찾아볼 수 있는 윤동주 최초의 작품이다.

1935년(19세)

은진중학교 4학년 1학기를 마치고 평양 숭실중학교 3학년 2학기에 편입하여, 학교 문예지 《숭실활천》 제15호에 시 〈공상〉을 발표하다.

1936년(20세)

숭실학교에 대한 신사참배 강요에 항의하여 자퇴하고 고향 용정으로 돌아와 5년제인 광명학원 중학부 4학년에 편입하다. 간도 연길에서 발행되던 《카톨릭 소년》에 동시 〈병아리〉(11월호), 〈빗자루〉(12월호)를 윤동주尹童柱란 이름으로 발표하다. 이 무렵 용정의 외가에 와 있던 동요 시인 강소천을 만나다. 아버지는 포목상을 경영하였으나 선비형인 그에게 맞지 않았다.

1937년(21세)

《카톨릭 소년》에 동시 〈오줌싸개 지도〉(1월호), 〈무얼 먹고 사나〉(3월호)를 윤동주尹童柱란 이름으로, 〈거짓부리〉(10월호)를 윤동주尹童舟란 이름으로 각기 발표하다. 동주童舟란 필명은 이때 처음 사용하다. 9월에 수학여행으로 금강산과 원산 송도원을 구경하며 〈바다〉와 〈비로봉〉 등 두 편의 시를 쓰다. 광명중학교 졸업반인 5학년 2학기가 되면서 상급학교 진학 문제로 문학을 희망하는 윤동주와 의학을 택하라는 아버지와의 대립이 심해지다. 할아버지 윤하현의 권유로 아버지가 양보하여 문과를 택하기로 하다.

1938년(22세)

광명중학교 5학년을 졸업하고 서울 연희전문학교(연세대학교) 문과에 입학하여 3년간 기숙사 생활을 하다. 대성중학교 4학년을 졸업한 송몽규도 함께 입학하다. 외솔 최현배 선생에게 조선어를 배우고, 이양하 교수에게서 영시를 배우다. 여름 방학에 고향 용정의 북부(감리)교회 하계 아동성경학교에서 아이들을 가르치며 동생들에게 태극기, 애국가, 기미독립만세, 광주 학생사건 같은 이야기를 들려주다.

1939년(23세)

조선일보 학생란에 산문 〈달을 쏘다〉(1.23), 시 〈유언〉(2.6), 〈아우의 인상화〉(10.17)를 윤동주尹東柱와 윤주尹柱란 이름으로 발표하다. 《소년》 3월호에 동시 〈산울림〉을 윤동주尹童舟란 이름으로 발표하다. 이를 계기로 《소년》 편집인인 동요 시인 윤석중 씨를 만나다. 처음으로 원고료를 받다. 이 무렵, 아버지는 한국인이 경영하는 삼화물산회사의 상무이사로 취직하다. 1940년(24세) 릴케, 발레리, 지드 등의 작품을 탐독하다. 연희전문에 입학한 하동 학생 정병욱(1922~1982)을 알게 되어 그 후 깊이 사귀다. 이 무렵 릴케, 발레리, 지드 같은 작가들의 작품을 탐독하는 한편, 프랑스어를 자습하다.

1941년(25세)

12월 27일, 전시 학제 단축으로 3개월 앞당겨 연희전문학교 4학년을 졸업하다. 졸업 기념으로 19편의 작품을 모아 자선시집 《하늘과 바람과 별과 시》를 77부 한정판으로 출간하려 했으나 뜻을 이루지 못하고, 세 부를 작성하여 한 부는 윤동주 본인이 갖고 이양하 선생과 정병욱에게 각각 한 부씩 증정하다. 정병욱이 소중히 보관해 오던 원고를 1948년에 시집으로 간행하여 오늘날 우리에게 전해지고 있는 것이다. 본래 이 시집의 제목은 당시의 세상이 온통 환자투성이였기 때문에 병든 사회를 치유한다는 상징적 의미인 '병원'이었으나 〈서시序詩〉가 쓰인 후 위와 같은 제목으로 바꾸었다고 전해진다. 같은 해 말 일본 유학을 위해 '히라누마平沼'라는 성을 쓰다.

1942년(26세)

연희전문을 마치고 일본에 갈 때까지 1개월 반 정도 고향집에 머무르다. 나이와 경제 사정 등을 이유로 진학을 망설였으나 아버지가 일본 유학을 권하다. 이 무렵 키르케고르를 탐독하다. 〈참회록〉(1.24)은 고국에서 쓴 마지막 시가 되다. 일본에 건너가 도쿄 릿쿄[立敎] 대학 문학부 영문과 선과에, 송몽규는 교토 제국대학 서양사학과에 입학하다. 4~6월에 〈쉽게 씌어진 시〉를 비롯한 시 다섯 편을 서울의 한 친구에게 우송하다. 오늘날 발견할 수 있는 마지막 작품이다. 여름 방학에 마지막으로 고향에 다녀가다. 10월 1일 교토 동지사 대학 영문학과 선과에 입학하다. 10월 29일, 외삼촌 김약연 목사가 고향 용정에서 별세하다.

1943년(27세)

여름 방학 중인 7월 10일, 송몽규가 교토 시모가모[下鴨] 경찰서에 독립운동 혐의로 검거되다. 7월 14일, 귀향길에 오르려고 차표를 사놓고 짐까지 부쳐놓은 윤동주도 송몽규와 같은 혐의로 검거되고 많은 책과 작품, 일기가 압수되다. 송몽규와 같은 하숙집에 있던 고희욱도 같은 날 검거되다. 12월 6일, 송몽규, 윤동주, 고희욱이 검찰청으로 넘겨지다. 이 무렵, 아버지는 회사를 그만두고 양계업을 하며 10여 년 동안 다니지 않던 교회에 다시 나가다.

1944년(28세)

1월에 고희욱은 기소유예 처분으로 석방되고 2월 22일에 윤동주, 송몽규는 기소되다. 도쿄 지방재판소의 재판 결과 윤동주와 송몽규는 1941년 개정 치안유지법 제5조 위반(독립운동) 죄로 징역 2년 형을 선고받고 후쿠오카[福岡] 형무소에 투옥되다.

수감된 후 고향에 보내는 서신으로는 매달 일어로 쓴 엽서 한 장씩만 허락되다.

1945년(29세)

해방되기 여섯 달 전인 2월 16일 오전 3시 36분에 사망하다. 2월에 엽서는 오지 않고 18일에 '16일 동주 사망, 시체 가지러 오라.'는 전보가 고향집에 배달되어 윤동주의 사망이 알려지다. 아버지와 당숙 윤영춘이 시신 인수 차 일본으로 떠난 후, '동주 위독하니 보석할 수 있음. 만일 사망 시에는 시체를 가져가거나 아니면 규슈九州 제국대학 의학부에 해부용으로 제공할 것임. 속답 바람'이라는 고인 생존 시에 보낸 우편 통지서가 뒤늦게 고향집에 배달되다. 유해는 화장하여 고향에 모셔와 3월 6일 용정의 동산교회 묘지에 묻히다. 장례식에서는 《문우》지에 발표되었던 〈우물속의 자화상〉과 〈새로운 길〉이 낭독되다. 3월 10일에 송몽규도 옥사하다. 단오 무렵, 윤동주 묘소에 '詩人尹東柱之墓(시인 윤동주의 묘)'라는 비석을 가족들이 세우다. 8월 15일, 윤동주, 송몽규가 사망한 지 반 년 만에 일제가 패망함으로써 해방이 되다.

1947년

시 〈쉽게 씌어진 시〉가 해방 후 최초로 발표되다.

1948년

시집 《하늘과 바람과 별과 詩》가 정음사에서 발행되다. 작품 선별과 편집은 윤일주가 담당하다.